古代文史名著选译丛书

主编 章培恒 安平秋 马樟根

李贽文选译

修订版

译注 陈蔚松 顾志华
审阅 李国祥 曾枣庄

凤凰出版传媒集团 凤凰出版社

图书在版编目（CIP）数据

李贽文选译 / 陈蔚松译注. -- 南京 : 凤凰出版社,
2011.5
（古代文史名著选译丛书）
ISBN 978-7-5506-0318-9

Ⅰ. ①李… Ⅱ. ①陈… Ⅲ. ①古典散文－散文集－中国－明代 Ⅳ. ①I264.8

中国版本图书馆CIP数据核字(2011)第042639号

书　　名	李贽文选译
译 注 者	陈蔚松
责任编辑	郭馨馨
出版发行	凤凰出版传媒集团 凤凰出版社(原江苏古籍出版社) 南京市中央路165号　邮编 210009 发行部电话025-83223462
集团网址	凤凰出版传媒网　http://www.ppm.cn
照　　排	江苏凤凰制版有限公司
印　　刷	江苏凤凰扬州鑫华印刷有限公司 扬州市江阳工业园蜀岗西路9号　邮编 225008
开　　本	960×1304毫米　1/32
印　　张	8.375
字　　数	136千字
版　　次	2011年5月第1版　2011年5月第1次印刷
标准书号	ISBN 978-7-5506-0318-9
定　　价	17.00元

（本书凡印装错误可向承印厂调换，电话：0514-85868858）

《古代文史名著选译丛书》编委会

《古代文史名著选译丛书》修订版出版说明

呈献在读者面前的这套《古代文史名著选译丛书》是2011年的修订版。全书共134册，包括了中国从先秦至清末两三千年间的著名典籍。每部典籍都选其精粹(《论语》《老子》则全文收录)，收录原文，加以简明的注释，力求准确地译为现代汉语，并于每一篇之前写有对该文的提示性说明。这是近一个世纪以来，规模最大、收录种类相对齐全、译注质量较高的一套普及传统文化的今译丛书。

这套丛书，原在1992年—1994年由巴蜀书社分三批出齐，印行过万套；不久，又由台湾的出版机构买去海外版权在台湾及海外发行，可见这套丛书当年在两岸受欢迎的程度。时隔17年，丛书编委会决定重新修订，改由江苏凤凰出版集团所属的凤凰出版社出版。

这套丛书是由教育部属下的全国高等院校古籍整理研究工作委员会（简称古委会）于1985年策划的。古委会组织了全国18所大学的古籍整理研究所的所长任编委会编委，由我们三人任主编，在全国范围内选请学有专长的学者承担各书的译注。从1986年—1992年，历时7年完成。当时，编委会制订了严明、可行的体例和细则，译注者按要求完成书稿。每部书稿完成后，都在全国范围内请编委会之外的专门研究这一学术领域的两位专家初审，合格后再请两位编委参照初审意见审改，然后退还原译注者改正。待原译注者改正后，再由编委会集中常务编委和部分编委、相关专家在一地将每部书稿从头至尾审改。这样的集中审稿会一般都在8—15天，7年中开了12次审改会。审改后，三位主编再集中在一起逐一审定，交付出版社。这一工作程序，使得这套丛书的译注质量有了一定的提高。所以，这套丛书，在一定程度上是个人与多人合作的结果。关于这套丛书的编纂始末，我们曾在1992年4月全书交稿后写有一篇文章，这次附在修订版书末，便于读者了解。

这次修订，是交由原译注者自己修改。少数译注者已去世，则书稿一仍其旧。个别译注者已联系不上，也保持原貌。

1992年—1994年出版时，书前有当时古委会主任周林先生写的序。周林先生是这一丛书的发起者。他已于1997年6月去世，至今已14年了。为了尊重历史，也为了纪念他，修订版仍用他的序。

我们三人在1985年—1992年主持这套丛书工作时，年龄大的是从51岁到58岁之间，年龄小的是从44岁到51岁之间，那时尚有精力组织、参与这一工作，今天我们都已年逾古稀。全书修订版出版之际，心情似乎比当年更惴惴不安地期待着读者的评头品足，期待着不要对读者贻误太多。

回想这套丛书，真应该感谢我们的祖先为我们留下了这样深厚、丰富的思想、文化遗产，使我们今天仍然受用无穷。应该感谢这套丛书的全体译注者、审阅者、编委和当年的出版者巴蜀书社、今天的出版者凤凰出版社，是他们的学识、辛勤与真诚使得这套丛书得以面世。

章培恒　马樟根　安平秋

2011年3月15日

序

《古代文史名著选译丛书》与广大读者见面了。这是丛书编委会的同志与众多专家学者通力协作、辛勤耕耘的结果。

中华民族在五千年漫长的岁月里，创造了光辉灿烂的文化，给人类留下了丰富的精神财富。“观今宜鉴古，无古不成今”。今天，以马克思主义的科学理论为指导，整理研究我国古代文化典籍，做到汲取精华，剔除糟粕，古为今用，推陈出新，使人们在正确认识民族历史的同时，得到爱国主义的教育，陶冶道德情操，提高全民族的文化素质，促进社会主义文化的繁荣，使文明古国的历史遗产得以发扬光大，这是我们每个炎黄子孙的责任。而要做到这样，对古籍进行整理与研究是重要的基础工程。但是，整理与研究古籍仅作标点、校勘、注释、辑佚还不够，还要有今译，使老年人、中年人、青年人都愿意去读，都能读懂，以便从中得到教益。

基于以上认识，全国高等院校古籍整理研究工作委员会于1986年5月组成了以章培恒、安平秋、马樟根三位同志为主编的《古代文史名著选译丛书》编委会，确定了以全国十八所大学的古籍整理研究所为主力承担这一看似轻易、实则艰巨的今译任务。在第一次编委会议上，拟定了《凡例》、《编写与审稿要求》、《文稿书写格式》和一百余种书目。以每一种书为十万至十五万字计算，这套丛书大约有一千余万字，应该说是一项大工程。经过一年的努力，完成了第一批三十六部书稿的译注任务。在各研究所的专家与所长把关的基础上，于1987年5月和7月，先后在复旦大学、北京大学召开了部分编委参加的审稿会，通过了二十五部书稿，作为《古代文史名著选译丛书》与广大读者见面的第一批作品。与此同时，在1987年7月6日，邀请了在京的十几位专家教授与编委会十几位编委一起座谈这套丛书与古籍今译的问题。专家们肯定了今译工作的必要性与深远意义，并以他们数十年的教学科研和创作的经验，说明今译是一项难度很大的工作，是培养人才，使之打下坚实基本功的一种有效方法；专家们还对《古代文史名著选译丛书》提出了宝贵的建议，这对当时的审稿工作和保证《丛书》的质量起了很好的作用。

实践证明，古籍的今注不易，今译更难。没有对作品的深入、透彻的研究，没有准确、通俗、生动的语言表达能力，要想做好今译是不可能的。两年多来，全国高等院校古籍整理研究工作委员会在探索古籍的今注、今译的道路上，做了一些工作。这部丛书的出版，是系统今译的开始，说明古籍整理研究工作有了新的进展。更可喜的是，一批中青年学者参加了今注今译工作，为古籍整理增添了新生力量，相信他们会在实践中，在学习中，成长成熟。我希望，这套丛书的编委会和高校各古籍整理研究所要敞开大门，加强同国内外专家学者的联系，征求他们和广大读者的意见，并向有真才实学而又适宜做今译工作的专家学者约稿，以提高古籍译注的水平，使《古代文史名著选译丛书》的第二批、第三批作品的质量更上一层楼。

这是一套以文史为主的大型的古籍名著今译丛书。考虑到普及的需要，考虑到读者对象，就每一种名著而言，除个别是全译外，绝大多数是选译，即对从该名著中精选出来的部分予以译注，译文力求准确、通畅，为广大读者打通文字关，以求能读懂报纸的人都能读懂它。我希望这套丛书能成为中小学教师的语文、历史教学的参考书，成为大专院校学生的课外读物，成为广大文史爱好者的良师益友。由于系统的古籍今译工作还刚刚起步，这套丛书定会有不少缺点、错误，也诚恳地希望读者批评指正。

巴蜀书社要我为这套丛书写序，我欣然接受了。我相信这套丛书不仅会使八十年代的人们受益，还将使子孙后代受益，它将对祖国的繁荣昌盛起到点滴的作用。最后借此机会向曾给予我们支持、帮助的专家学者和巴蜀书社的同志表示衷心的感谢！并殷切地希望台湾同胞、港澳同胞、海外侨胞和我们一同做好祖先留给我们的文化遗产的整理工作，为中华民族灿烂的文化再放异彩而努力！

周　林

1987年10月于北京

目录

前 言

李贽，字宏甫，号卓吾，又号温陵居士，福建泉州府晋江县人，生于明世宗嘉靖六年(1527)，卒于神宗万历三十年(1602)，是明代后期杰出的进步思想家，是反封建主义启蒙运动的先驱。他一生为反对封建统治阶级的道学思想，反对吃人的封建礼教而英勇战斗，最后以七十六岁高龄，在封建统治阶级的迫害下，献出了自己的生命。

一

我国封建社会的儒学，至宋代出现了一个主要流派，叫理学，又叫做道学。以程颢、程颐、朱熹为代表的道学家，提倡封建道德，宣扬什么“仁义道德”、“礼义廉耻”、“忠孝节义”等，他们把君臣之道、父子之道说成是不以人的意志为转移的、万古长存的“天理”。程颐、朱熹把《论语》、《孟子》、《大学》、《中庸》列为《四书》，朱熹还作了注解，叫《四书集注》。朱熹还概括出“存天理、灭人欲”这六个字，赤裸裸地暴露出封建礼教吃人的狰狞面目。

至元代复科举，诏定以《四书集注》取士，《集注》的编纂者朱熹被推崇备至。元修《宋史》，特立《道学传》，写入传中的有周敦颐、程颢、程颐、朱熹等二十四人。

明代，更加推崇儒学，进一步抬高孔子的偶像地位。明王朝规定各级学校要以孔子所定经书教诲诸生，进行“圣道”的学习和教育。同时，明朝统治者还把程朱理学定为官方哲学，成为明朝及封建社会后期的统治思想。理学家提出的“存天理、灭人欲”的说教，把纲常名教和封建等级制度说成是“天理”，“天理”是先天地万物而存在的宇宙本体，是“至善”的、“永恒”的，人人必须遵守；“人欲”是“罪恶”的、“危险”的，必须加以抑制和消灭。其目的是要广大劳动人民放弃自己的基本生活要求，永远服服帖帖地受奴役，以巩固和维护封建地主阶级的反动统治。

明中叶以后，海外贸易与国内商业有很大的发展，国内已出现了三十多个有名的工商业城市。尤其是江浙一带纺织业特别发达，出现了苏州、杭州等以纺织业为中心的大都市，出现了早期资本家与雇佣劳动者之间的剥削与被剥削的生产关系。明中叶以后，城市市民、工人的反抗斗争，曾经遍及江南及国内各大城市。

李贽就生活在这样一个时代，封建统治阶级已日益腐朽，但是还很顽固；早期资本主义虽已开始萌芽，但是还非常微弱。与这种状况相适应，在思想意识领域，封建正统思想正在加紧控制，但是“离经叛道”的“异端”思想已经破土而出，李贽就是这样一个时代出现的一位反封建压迫反传统思想的进步思想家。

二

李贽出生在泉州。从唐宋时开始，泉州就是我国对外通商贸易的重要港口，元代泉州港进一步发展成为沟通亚非国家的东方大港。由于通商的关系，泉州是一个宗教众多、信仰繁杂的地区。李贽的家族和伊斯兰教有密切的血缘关系，天主教对李贽的家族也有一定影响。

李贽出身在一个世代为商的家庭里。李贽的祖宗几代都是泉州巨商，常到日本、琉球和南洋各地，最远到亚洲西部。如李贽的二世祖林驽就是兼营国内外贸易的大商人[①]，四世祖林易庵和五世祖林琛父子经常往来于琉球、日本之间，并通晓琉球语，作过通事官（翻译），并娶色目人为妻，信仰伊斯兰教。李贽的家族与西亚血统的泉州伊斯兰家族屡通婚姻，李贽的祖父、父亲都是伊斯兰教徒。李贽这种世代经商的家世和近乎“异教徒”的出身，对于他的反传统思想的形成有一定程度的影响。

李贽自幼就性格倔强，不盲从，不迷信，他自己说：“自幼倔强难化，不信道，不信仙、释，故见道人则恶，见儒则恶，见道学先生则尤恶。”[②]

稍长，李贽读朱熹《四书集注》等书，自觉“不能

---

① 泉州林李二姓同祖。李贽初姓林，名载贽，入学改姓李，并去“载”字。 ②《王阳明先生道学钞》附《王阳明先生年谱后语》。

契朱夫子”深心，想丢下不读，但科举考试必须读这些书。李贽嘲笑说，科举么，这简直是开玩笑，临场只要抄抄书，蒙混一下就行了，主考官难道个个都能精通圣贤的思想么？于是他挑选了八股文许多篇，每天读熟几篇，临近考试前夕，已经能背诵五百篇了。他想，这样就行了，进了考场，拿了题目，“只要作一个缮写誊录生，就一定可以考中了。”①果然，他在二十六岁那一年(1552)，考中了福建乡试的举人。中举后，“困乏，不再上公车。”没有再求功名，马上做官。

从三十岁开始，为了解决生活问题，李贽做了二十多年的官。他做的官，多是一些俸禄微薄、公务不多的冷官，如河南共城(现辉县)教谕、南京国子监博士、礼部司务等。万历五年(1577)，李贽调云南姚安，做了三年清知府，任满辞职，携带家眷离开了姚安。二十多年的宦游生活，使他看透了官场的黑暗、肮脏和腐朽，他自己也深感受人管束之苦。他性格倔强、耿直，处处与上司抵触，他在《豫约·感慨平生》中说：“余唯以不受管束之故，受尽磨难，

①《焚书》卷三：《卓吾论略》。

一生坎坷，将大地为墨，难尽写也。”①

李贽在思想上处处同统治者对立，从云南姚安府辞官之后，为了摆脱地方官的管束，决心不回本乡，于万历九年(1581)春天，携妻女到湖北黄安，开始过“流寓客子”的生活。李贽住在耿定理家，教授耿家子弟，自己也开始边读书边著述。他与耿定理是很投合的，但与其兄耿定向却对立。耿定向曾任都察院左副都御史、刑部左侍郎、户部尚书等职，是个一心想发财做官，却满口仁义道德的道学家，一向以孔教正脉自居，对以李贽为代表的“异端”思想极为不满。万历十二年(1584)，李贽的好朋友耿定理病逝，第二年他迁居麻城，住在龙潭湖上的芝佛院，并将妻女送回福建，从此他安静地读书写作，与一二相知者讲学。

李贽一到麻城，就写了一封信《与耿司寇告别》，在这封信中，他斥耿为“贼德之乡愿”，而把自己比作“狂狷”，“狂者不蹈故袭，不践往迹，见识高矣。”②李贽在龙湖还写了许多信同耿定向展开辩论，严厉批判他的假道学。在《答耿中丞》中，李贽

①《焚书》卷四。②《焚书》卷一。

把矛头首先指向耿定向奉为“万世师”的孔子。他指出：“夫天生一人，自有一人之用，不待取给于孔子而后足也。若必待取足于孔子，则千古以前无孔子，终不得为人乎？”①这是对封建时代的最高思想权威和封建正统思想的有力冲击。李贽在麻城龙潭湖住了近十年，他的许多重要作品，都是在这个时期完成的。

万历十六年(1588)，李贽的第一部著作《初潭集》编纂而成。他在《自序》中说：“《初潭》者何？言初落发龙潭即纂此，故曰《初潭》也。”这一年，李贽还开始编辑他的历史著作《藏书》、诗文集《焚书》和读书札记《说书》。万历十八年(1590)，《焚书》在麻城第一次刻印。《焚书》里发表了给耿定向的七封信，这些信描画出了耿定向这个假道学家的丑态。《焚书》中还有大量的篇幅猛烈地抨击了儒学经典，对孔子以后的儒家学派，特别是对封建社会后期以程颐、朱熹为代表的宋明理学进行了深刻的揭露和有力的批判。

《焚书》出版，耿定向等狂怒起来。耿马上写了

---

①《焚书》卷一。

一封叫《求儆书》的公开信，诬蔑李贽对他的揭露是“诽谤”，动员他的学生们向李贽反扑，声称他和李贽之间的论战“关涉至大，是不容不辨者”。于是，耿定向的学生、曾任国子祭酒、礼部右侍郎的蔡毅中于万历十九年（1591）著《焚书辨》，对李贽进行诬陷和反扑。与此同时，封建统治集团还采用卑鄙的手段对李贽进行围攻，诬蔑他“左道惑世”、“坏法乱治”，在他游览武昌黄鹤楼时，一些人还对他进行恫吓和驱逐。

万历二十四年（1596），应刘东星之邀，李贽到了山西，第二年到了北京。万历二十六年（1598），李贽同焦竑一起，同赴南京。在南京住了将近两年，主要与焦竑研读《周易》，并最后编刻《藏书》。经过多次修订，《藏书》于1599年在南京刻印。《藏书》是李贽精心编写的一部重要历史著作。全书共六十八卷，包括从战国至元末的八百多位历史人物的传记，分为“世纪”和“列传”两个部分。李贽用反传统的独到的见解，评论了许多历史人物，特别是他写的那些总论、专论和评语，都鲜明体现了他的进步思想和历史观。

在南京期间，李贽曾和意大利传教士利玛窦有过三次会见。初次会见是在1599年，李贽为利玛窦题扇，并有赠诗。李贽还把利玛窦的《交友论》在湖广一带广为宣传。李贽自己写有《论交难》一文，载《续焚书》卷二。李贽还在《与友人书》中谈到了与利玛窦的交往，以及对利玛窦比较全面的看法和认识①。

万历二十八年(1600)，李贽又回到龙湖。这时，他已是七十四岁的老人了，再次受到封建统治者的迫害。麻城地方官雇了一些流氓打手，以“逐游僧、毁淫寺”，“维持风化”为名，来驱逐迫害李贽。这一次来势很凶，李贽得到了消息，由杨定见替他设法先行躲避。这一次封建统治者最后终于拆毁了他的芝佛院，以及准备死后埋骨之塔。这时马经纶从北通州赶来，与李贽同入河南商城黄蘗山中，共同谈《易》。马原任御史，因直言被谪为庶民。万历二十九年(1601)，马与李同到北通州。马经纶作《与当道书》，为李贽申辩。

李贽避地通州，封建统治阶级也不肯放过他。礼科给事中张问达上疏参劾李贽，疏中极尽诬蔑之

---

①《续焚书》卷一。

能事。明政府随即下令："李贽敢倡乱道，惑世诬民，便令厂卫五城严拿治罪。其书籍已刊未刊者，令所在官司，尽行烧毁，不许存留。"①

万历三十年(1602)，李贽七十六岁，多病。春二月，遗言身后白布盖尸，土坑埋葬，仪从回教葬仪。明神宗下令逮捕李贽，还命令焚毁李贽的著作。李贽入狱后，照旧作诗写书。统治者审问他："你为什么胆敢著那些妖书？"李贽驳斥说："我著的书很多，对于世道人心，只有好处，没有坏处。"②审讯最终定不出什么罪名，打算押解他回福建原籍。李贽在狱中写有《系中八绝》，其最后一首说："志士不忘在沟壑，勇士不忘丧其元。我今不死更何待？愿早一命归黄泉。"③三月十五日，李贽于狱中取剃刀自刎，第二天，气绝身死。

三

明朝末年，在道学家乌烟瘴气的思想统治下，

---

①《明神宗万历实录》卷三六九。 ②《李温陵传》。③《续焚书》卷五。

兴起了反道学的泰州学派，创始者为江苏泰州人王艮，字心斋。王艮家庭世代煮盐。王艮反对道学家所讲的道，认为人生吃饭穿衣才是重要的事，人民的日常生活才是"道"。王艮重视功利，反对道学禁欲主义。李贽是王艮之子王襞的学生，他继承了泰州学派王艮、何心隐的思想传统，并进一步发展，从而建立了反道学的思想体系。

李贽以勇敢的战斗精神，首先针对儒教经典和儒学圣贤，直斥"《六经》、《语》、《孟》，乃道学之口实，假人之渊薮"①，还对孟轲、董仲舒、朱熹等儒学大师进行了尖锐的批判，对明代的道学家进行了无情地鞭挞。

李贽的许多著作表现了他进步的历史观。他认为历史是不断"推移"的，适当"推移"形势并对它作出贡献的人物，就应该给予肯定。他的《藏书》高度赞扬秦始皇统一中国的功绩，称他为"千古一帝"，肯定隋朝杨坚、杨广"混一南北"的历史作用，称赞元为"华夷一统"。他主张"法贵适时"，赞扬商鞅为"英雄"，申不害为"好汉"，李斯为"才力名臣"，

① 《焚书》卷三：《童心说》。

桑弘羊为“富国名臣”。在《藏书》中，李贽把农民起义领袖陈胜、窦建德列入《世纪》，和历代帝王并列，并称赞陈胜起义“匹夫首倡”，“古所未有”。李贽还认为封建社会爆发农民起义，是因为“举世颠倒，故使豪杰抱不平之恨，英雄怀罔措之戚”，赞扬明代横行海上“称王称霸，众愿归之”的林道乾“有二十分才，二十分胆”。①

明代中叶以后，我国资本主义因素开始萌芽，商品经济迅速发展，市民阶层的力量逐渐壮大。李贽出身于一个世代经商的家庭，随着市民反封建民主斗争的开展，市民阶层的思想对他产生了一定影响。李贽认为人类天然平等，“圣人不曾高，众人不曾低”②，“尧、舜与途人一，圣人与凡人一”③。主张男女平等，反对男尊女卑。认为妇女的“见识”不一定比男子低，“见识”长短不能以男女来划分。并赞扬邑姜、文母、薛涛等“远见女子”，“正人家吉祥善瑞，非数百年积德，未易生也。”④

针对董仲舒“正其义不谋其利，明其道不计其

---

①《焚书》卷四：《因记往事》。 ②《焚书》卷一：《答京中友朋》。 ③《明灯道古录》卷上。 ④《焚书》卷二：《答以女人学道为见短书》。

功”的谬论和宋明理学家“存天理，灭人欲”的禁欲主义，李贽指出，人必有私，圣人也有势利之心。道不在禁欲，而在满足人们的需要和追求物质的快乐。他认为“富贵利达所以厚吾天生之五官”是必然之势，“圣人顺之，顺之则安之矣”①。

李贽又主张自由、自治，反对封建的礼教、政治和法律的束缚。他认为政治就在于因人而治，就在于以人治人，就在于以人自治。他认为“物之不齐，物之情也”，要注意个性。他反对“本诸身”、“取必于己”的君子之治，即封建束缚，而主张“因乎人”“顺乎民”，“因其政不易其俗，顺其性不拂其能”的至人之治②，即自由解放。为了自由、自治、解放，李贽唾弃封建社会的一切“教条禁约”和“礼”，他落发而留鬓须，出家而饮酒吃肉，嘲弄圣贤先哲，赞扬寡妇卓文君的私奔，这都是他对封建的政教礼俗的彻底否定。

明中叶以后，小说、戏曲、民歌等文艺形式比宋、元两代有了更大的发展和繁荣，许多作品在内容上反映了市民阶层反对封建专制主义、反对封建

①《焚书》卷一：《答耿中丞》。②《焚书》卷三：《论政篇》。

礼教的思想愿望。一些文人反对这种具有进步倾向的文艺的发展，主张“文必秦汉，诗必盛唐”。针对这种复古谬论，李贽提出“诗何必古、选，文何必先秦”，反对以古诗文作为衡量文艺的标准和指导创作的原则。主张文艺要表现“童心”，也就是“真心”。李贽还认为，时代是不断向前发展的，文艺也必然要随着时代的发展而发展，“今日新也，明日新也，后日又新也”①。李贽对宋元以来生气勃勃的小说、戏剧作品，给予很高评价。通过评点、写序，热情歌颂那些具有反封建压迫、反传统思想倾向的作品，而痛斥那些宣扬纲常名教的作品。李贽对新兴文艺的赞扬，大大提高了小说、戏曲的社会地位，对明清通俗文艺的发展，起了积极的促进作用，对于公安派的文艺思想更有直接影响。公安三袁与李贽有密切的交往。三袁主张创作要自然，不拘格套，并反对“文必西汉，诗必盛唐”的拟古风气，创立了当时文艺的一个新流派，即公安派，这是在李贽进步文艺思想的直接影响下形成的。

---

①《明灯道古录》卷上。

四

李贽一生的著作很多，生前刻印的主要著作有《老子解》、《初潭集》、《说书》、《焚书》、《藏书》、《明灯道古录》、《王阳明先生道学钞》、《王阳明先生年谱》，死后由别人编定刻印的有《续藏书》、《续焚书》、《李卓吾先生遗书》、《李氏文集》（又名《李温陵集》）等。

李贽的著作在明代一再受到禁毁，直至清代编《四库全书》，仍不收李贽的著作。但是在封建统治阶级一禁再禁的严令之下，李贽的著作仍然广泛流传，而且深入人心，并产生了深远的影响。

李贽的反封建进步思想，是中国资本主义萌芽期的时代产物，是封建社会意识形态中追求自由解放的市民思想，对后来进步思想家产生了很大的影响。在李贽死后八年出生的黄宗羲（1610—1695），尖锐揭露封建皇帝"敲剥天下之骨髓，离散天下之子女，以奉我一人之淫乐"，这种封建专制制度正是

“天下之大害”①，提出“天子之所是未必是，天子之所非未必非”②。这是对李贽思想的进一步发展。戊戌变法时期资产阶级改良派人物谭嗣同（1865—1898）把秦朝以来的君主斥之为“独夫民贼”，提出“废君统、倡民主、变不平为平等”的口号③，也是李贽思想的进一步发展。

顾炎武说：“自古以来，小人之无忌惮而敢于叛圣人者，莫甚于李贽。”④到“五四”运动时，人们还介绍李贽的著作，作为打倒孔家店的武器。如吴虞（1871—1949）在《李卓吾别传》中，就通过评价李贽及其著作，猛烈抨击孔学“误国殃民，为祸之烈，百倍于洪水猛兽”，“儒教之影响于亡国亡种实大矣”。

明朝占统治地位的官方哲学——理学是更加精致化了的孔学，更加虚伪，更具有欺骗性。李贽对理学伪善、丑恶本质的深刻揭露和批判，使人们认识到了它的可耻可卑，给人们以振聋发聩的启蒙作用，对当时和后来的思想家有巨大的影响。明末清初的王夫之（1619—1692）批判理学家“去

①②《明夷待访录》：《原君》、《学校》。③《谭嗣同全集》第五四页。④《日知录》卷一八。

欲存理”的反动说教，指出“欲即天之理”，“终不离欲而别有理”，“饮食男女之欲，人之大共”①，这和李贽“穿衣吃饭，即是人伦物理；除却穿衣吃饭，无伦理矣”的命题是一脉相承的。清朝戴震（1703—1777）进一步尖锐指出，理学家“去欲存理”的说教，是对人民大众的“残杀之具”，它比酷吏的以法杀人更为残酷，因为：“人死于法，犹有怜之者；死于理，其谁怜之！”②

李贽的战斗精神，对人们的思想解放也起到了一定的推动作用。袁宏道把明代的封建统治比作一个大罗网，把李贽的出现，比作是要用“无羽镞”，“扇海作洪炉，燎山煮精玉”，从而解除这个大罗网③。汪本钶在《续刻李氏书序》中说：李贽的著述“一点撺自足天下万世之是非，而一咳唾实关天下万世之名教，不但如嘻笑怒骂尽成文章已也。盖言语真切至到，文辞惊天动地，能令聋者聪，瞶者明，梦者觉，酲者醒，病者起，死者活，躁者静，聒者结，肠冰者热，心炎者冷，柴栅其

①《读四书大全说》卷四、卷八，《诗广传·陈风》。
②《孟子字义疏证·理》。 ③《袁中郎全集》卷二：《送王静虚访李卓师》。

中者自拔，倔强不降者亦无不意俯而心折焉。”

李贽的思想也充满了矛盾，带有时代的与阶级的局限。比如他称赞《水浒传》所描写的农民起义为英雄，但又标榜所谓“忠义”，表明他并不赞成农民起义推翻地主阶级的封建专制政权；他的思想受到王阳明主观唯心主义和佛教的影响，有不少作品宣扬了唯心主义的东西；他提出的“人必有私”的命题，在当时反对封建压迫中有一定进步意义，是资本主义萌芽在意识形态上的反映，却显然带有剥削阶级的烙印……凡此种种，我们都要注意认真分析。

本书从李贽的主要著作《初潭集》、《焚书》、《续焚书》、《藏书》中选译了一部分具有代表性的文章，希望读者对李贽的作品和思想能有概括的了解。在注释、今译等方面，必定存在不少欠妥之处，恳请广大读者教正。

陈蔚松（华中师范大学历史文献研究所）

夫妇篇总论

本文选自《初潭集》卷首，也见于《焚书》卷三。

《初潭集》是李贽的第一部著作，是李贽定居龙潭以后，于万历十六年(1588)编纂成的。《初潭集》是李贽将南朝宋刘义庆的《世说新语》和李贽好友焦竑的《焦氏类林》两书的材料，重新分类编辑，通过批点、评论来阐发自己思想的作品。他借评论历史人物与事件，把批判的矛头指向反动的理学，揭露了道学、道学家的腐朽和虚伪，对于道学家鼓吹的封建礼教、伦理道德也进行了有力的批判。

《夫妇篇总论》是《初潭集》的第一篇，批判了理学家们宣扬的“理在气先”、“理能生气”的唯心主义谬论。用朴素唯物主义的观点，否定了在万物之先有所谓“一”、“理”、“太极”的存在，对程朱理学的客观唯心主义作了有力的批判。

夫妇，人之始也。有夫妇然后有父子，有父子然后有兄弟，有兄弟然后有上下。夫妇正，然后万事无不出于正。夫妇之为物始也如此。极而言之，天地一夫妇也。是故有天地然后有万物。然则天下万物皆生于两，不生于一①，明矣。而又谓一能生二，理能生气，太极能生两仪②，何欤？夫厥初生人，惟是阴阳二气，男女二命，初无所谓一与理也，而何太极之有。以今观之，所谓一者果何物，所谓理者果何在，所谓太极者果何所指也？

---

① “有天地”三句：《易·系辞下》：“天地絪缊，万物化醇；男女構精，万物化生。”（天地二气缠绵交密，万物化育醇厚；男女阴阳交合其精，万物化育孕生。） ② 太极能生两仪：《易·系辞传》：“《易》有太极，是生两仪。”太极，即“太一”，指天地阴阳未分时的混沌状态。两仪：天地。此处指阴阳二气。

若谓二生于一，一又安从生也？一与二为二，理与气为二，阴阳与太极为二，太极与无极为二①。反复穷诘，无不是二，又乌睹所谓一者，而遽尔妄言之哉②！故吾究物始，而见夫妇之为造端也。是故但言夫妇二者而已，更不言一，亦不言理③。一尚不言，而况言无；无尚不言，而况言无无！何也？恐天下惑也。夫惟多言数穷，而反以滋人之惑，则不如相忘于无言，而但与天地人物共造端于夫妇之间，于焉食息，于焉言语，斯已矣。《易》曰："大哉乾元，万物资始！至哉坤元，万物资生！资始资生，变

---

① 无极：《老子·第二十八章》："常德不忒，复归于无极。"老子主张万物产生于无，又复归于无，"无"也就是老子所说的"道"。老子的无极实际上是他的"道"或"无"这一宇宙万物的精神性本原。宋代理学家周敦颐、朱熹所说"无极而太极"、"太极本无极"与老子的观点相似。李贽所说的"无极"与此不同，他反对把"太极"与"无极"混同为一。 ② 遽(jù 据)：急；骤然。 ③ 更不言一，亦不言理：宋理学家周敦颐提出"二本则一"，"一"指太极，他认为宇宙万物是由太极("一")产生的，"是万为一，一实万分。万一各正，小大有定。"朱熹在解释周敦颐的《太极图说》时说："太极生阴阳，理生气也。""气之所以能动静者，理为之宰也。"

化无穷，保合太和，各正性命。”①夫性命之正，正于太和；太和之合，合于乾坤。乾为夫，坤为妇。故性命各正，自无有不正者。然则夫妇之所系为何如，而可以如此也夫！可以如此也夫！

【翻译】

夫妇是人类的开始。有了夫妇繁衍后代然后才产生父子，有了父子然后才出现了兄弟，有了兄弟然后才产生上下的名分。夫妇纯正，然后其他许多事也都出于纯正，夫妇作为人类的开始就是这样。从更大的范围来讲，天地也是一对夫妇，因此有了天地然后才有万物。既然如此，那么天下万物都从“二”——男女阴阳交合中产生，不从“一”——“道”或“理”中产生，自然是十分清楚的了。但是有人又说什么一能产生二，理能产生气，太极能产生两仪，是何道理呢？当初人类产生，只是阴阳二气、男女两性交合，根本没有什么“一”与“理”，又哪里有太极呢！我们今天看来，所谓“一”究竟是什么东西，所谓“理”究竟

① “大哉乾元”八句：略用《易·乾卦、坤卦·彖传》文句。乾元：“天”的元始之德，即充沛宇宙间、开创万物的阳气。太和：阴阳会合、冲和之气。即万物的“太和元气”。正：定，守持。性命：中国哲学范畴。据孔颖达《正义》，性是人的天生之质，如刚柔迟速等，命是人所禀受的贵贱夭寿之类。

在哪里,所谓太极究竟指的是什么呢?如果说“二”从“一”产生,“一”又从哪里产生呢?一与二是对立的两个方面,理与气是对立的两个方面,阴阳与太极是对立的两个方面,太极与无极也是对立的两个方面,反复不断地分析,没有不是对立的两个方面,又哪里见到所谓“一”,竟那样轻率地胡言乱语!所以我探讨事物的开始,就看清了夫妇为人类的开端。因此,我只谈夫与妇这对立的两个方面,而不谈所谓“一”,也不谈所谓“理”。“一”尚且不谈,而何况谈“无”;“无”尚且不谈,更何况谈“无无”!为什么呢?我怕天下人弄糊涂了啊!只怕谈论太多而又不能自圆其说,反而使别人越来越糊涂,倒不如在无言之中相互忘却,而只和天地、人类一起回溯到阴阳、夫妇这世界、人类的开端,在这个基点之上生活止息,在这个基点之上评说议论,这样就可以了。《周易》说:“伟大啊,开创万物的阳气!万物依靠它开始产生。美德至极啊,配合天开创万物的大地!万物依靠它成长。依靠它产生,依靠它成长,天地自然的变化无穷无尽。保全太和元气,万物就都能守持正固各自的气质禀性。”万物气质禀性的守持正固,来自太和元气;太和元气的保全,来自天地乾坤。乾是夫,坤是妇。所以气质禀性各自能守持正固,则再没有不能守持正固的了。既然如此,那么夫妇的道理与天地万物的联系如何,就可以像这样啊!可以像这样啊!

读《金縢》

本文选自《初潭集》卷十，也见于《续焚书》卷四。《金縢》是《尚书》中的一篇。篇中记载说：武王有疾，周公作告神之辞，欲代兄死。告神之后，周公把此辞藏于金縢之匮。李贽认为，周公是故弄玄虚、欺世盗名。他对周公的大胆否定，矛头直指当时那些道学家，一针见血地戳穿了他们侈谈仁义道德，志在功名富贵，说假话，做假事，口是心非的两面派行为。

周公欲以身代兄之死[①]，既已明告于神矣，而卒不死何耶？然犹可委曰[②]："神不许我以死，我岂敢自死乎？我直以明我欲代兄之心云耳，非以祈人之知我欲代兄死也。"则册祝之词[③]，坛埠之设[④]，珪璧之秉[⑤]，金匮之纳[⑥]，何为者哉？谚曰："平地上起骨堆[⑦]。"此之谓也。无风扬波，无事生事，一人好名，毒流万世，卒使管叔流言[⑧]，新莽藉口[⑨]。圣人之所作为，道学之所举动，吾不知之矣，不有陈贾乎[⑩]？陈贾曰："周公使管叔监殷，管叔以殷畔[⑪]。知而使之，是不仁也；不知而使之，是不智也。"此千古断案也。不仁不智，从公择其一者可矣[⑫]。

---

① 周公：周文王第四子，周武王弟。名旦。因采邑在周，故称周公。曾辅佐武王伐商，有功。 ② 委：推托、借口。 ③ 册祝：以册书祈祷。册：竹木简。 ④ 坛墠（shàn 善）：古代祭神用的土台和场地。 ⑤ 珪璧：古代祭神用的玉器。 ⑥ 金匮：即金縢之匮，用金属封口的柜子。 ⑦"平地上起骨堆"：意为平地起风波。骨堆即骨朵，凸出来的一堆。 ⑧ 管叔：周文王子，周武王弟，名鲜，封于管。武王死后，成王年幼，周公摄政。他制造流言表示不满，后被杀。 ⑨ 新莽：指王莽。西汉孺子婴初始元年（8），他篡汉称帝，改国号为新。平帝时，他曾效法周公"金縢"故事以欺世盗名，愿以身代平帝之死。后用毒酒毒死平帝。 ⑩ 陈贾：战国时齐国大夫。下引陈贾语见《孟子·公孙丑下》。 ⑪ 畔：同"叛"，反叛。 ⑫ 从：任从。公：指周公。

【翻译】

周公想要用自己来代替哥哥周武王去死，已经明白地告诉神灵了，而最后却没有死，这是什么原因呢？仍然可以借口说："神灵不允许我去死，我怎么能够自己去死呢？我只是用来表明我要代替哥哥去死的心愿罢了，并不是求人知道我要代替哥哥去死。"那么祭神时祈祷的文字，设置祭神用的土台和场地，拿着祭神用的玉器，把书写祷文的竹木简放入柜子用金属封固，是为了什么呢？谚语说："平地上起风波。"这正是讲的此事。没有风扬起了波浪，没有事造成事情，一个人为了取得好名声，毒害了历代人，终于使得管叔制造流言，王莽有了借口。圣人的所作所为，道学家的举动，我不知道，不是有陈贾这个人吗？陈贾说："周公派管叔去监管殷朝遗民，管叔和殷朝遗民一起反叛。周公如果事先估计到管叔会和殷朝遗民一起反叛而派他去，便是不仁；如果事先没有估计到这一点而派他去，便是不智。"这是千古定案翻不了的。是不仁还是不智，任从周公选择其中之一就可以了。

三教归儒说

本文选自《初潭集》卷十一，为《儒教》、《道教》、《释教》三篇之后的总括性评论。篇题据《续焚书》卷二。

文中前半部分概括了在求取富贵、闻道出世方面，儒、道、释三教之学的异同。后半部分则深刻揭露了儒学的门徒们“未尝以闻道为心”，倒是“为富贵所移”。特别是宋、明道学家，他们表面上讲道学，实际上是为了富贵。他们衣着文雅，道貌岸然，行为却像猪狗一样。他们无才无学，就靠讲道学来取得富贵，讲道学是谋取富贵的本钱。“圣学亡”，“儒不传”，至汉，至宋，又至于明，所谓孔教道统是“人益鄙而风益下”，一代不如一代。

儒、道、释之学①，一也，以其初皆期于闻道也。必闻道然后可以死，故曰：“朝闻道，夕死可矣②。”非闻道则未可以死，故又曰：“吾以女为死矣③。”唯志在闻道，故其视富贵若浮云④，弃天下如敝屣然也⑤。然曰浮云，直轻之耳；曰敝屣，直贱之耳：未以为害也。若夫道人则视富贵如粪秽，视有天下若枷锁，唯恐其去之不速矣。然粪秽臭也，枷锁累也，犹未甚害也。乃释子则又甚矣：彼其视富贵若虎豹之在陷阱，鸟鱼之入网罗，活人之赴汤火然，求死不得，求生不得，一如是甚也。此儒、道、释之所以异也，然其期于闻道以出世一也。盖必出世，然后可以免富贵之苦也。

---

① 释：指佛教。其创始人为释迦牟尼，故佛教也称释教。 ②“朝闻道，夕死可矣”：《论语·里仁篇》载孔子语。 ③“吾以女为死矣”：女，同“汝”，你。孔子在匡地被囚禁了之后，颜渊最后才来。孔子说：“我以为你是死了。”颜渊说：“您还活着，我怎么敢死呢？”见《论语·先进篇》。 ④ 视富贵若浮云：《论语·述而篇》载孔子说：“不义而富且贵，于我如浮云。” ⑤ 弃天下如敝屣(xǐ 徙)：《孟子·尽心上》：“舜视弃天下犹弃敝屣也。”敝屣，破鞋。喻废物。

尧之让舜也，唯恐舜之复洗耳也[1]，苟得摄位，即为幸事，盖推而远之，唯恐其不可得也，非以舜之治天下有过于尧，而故让之位以为生民计也。此其至著者也。孔之疏食[2]，颜之陋巷[3]，非尧心欤！百颜氏没，微言绝，圣学亡，则儒不传矣。故曰："天丧予[4]。"何也？以诸子虽学，未尝以闻道为心也，则亦不免仕大夫之家，为富贵所移尔矣，况继此而为汉儒之附会[5]，宋儒之穿凿乎[6]？又况继此而以宋儒为标的，穿凿为指归乎？人益鄙而风益下矣！无怪乎其流弊至于今日，阳为道学，阴为富贵，被服儒雅，行若狗彘然也[7]。

夫世之不讲道学而致荣华富贵者不少也，何必讲道学而后为富贵之资也？此无他，不待讲道学而自富贵

---

① 洗耳：比喻不愿听，不愿问世事。传说尧让天下给许由，许由逃到中岳颍水之北、箕山之下耕田务农。尧又召许由为九州长，许由不愿听这一类的话，在颍水边用水清洗自己的耳朵。 ② 孔之疏食：《论语·述而篇》载孔子说："吃粗粮，喝冷水，弯着胳膊做枕头，也有着乐趣。" ③ 颜之陋巷：孔子赞扬颜回安于穷苦的生活，一竹筐饭，一瓜瓢水，住在简陋的小巷子里度日，见《论语·雍也篇》。 ④"天丧予"：孔子的弟子颜渊（回）三十二岁死，孔子十分悲痛，哀叹"天丧予！天丧予！"见《论语·先进篇》。 ⑤ 汉儒之附会：指董仲舒"天人感应"、"君权神授"等谬论。 ⑥ 宋儒之穿凿：指程朱理学"理在气先"、理为主宰等谬论。 ⑦ 彘（zhì 治）：猪。

者，其人盖有学有才，有为有守，虽欲不与之富贵，不可得也。夫唯无才无学，若不以讲圣人道学之名要之①，则终身贫且贱焉，耻矣，此所以必讲道学以为取富贵之资也。然则今之无才无学，无为无识，而欲致大富贵者，断断乎不可以不讲道学矣。今之欲真实讲道学以求儒、道、释出世之旨，免富贵之苦者，断断乎不可以不剃头做和尚矣。

【翻译】

儒教、道教、佛教的学说是一致的，因为它们的初旨都是希望探求天地万物的道理。一定要得知道理之后才可以死，所以孔子说："早晨得知道理，要我当晚就死都可以。"没有得知道理就不能死去，所以孔子对颜渊说："我以为你是死了。"颜渊回答："您还活着，我怎么能死呢？"志向只在探求道理，所以孔子把富贵看作如浮云一般，舜把抛弃王位看得跟扔掉破鞋一样。但是看作浮云，只是轻视富贵；当作破鞋，只是贱弃王位：还没有当作祸害。像那些道士则把富贵看作如粪便污秽一般，把王位看作跟枷锁一样，唯恐不能尽快丢掉这些东西。但是粪便污秽也只是臭气难闻，枷锁也只是一种牵累，还

① 要（yāo 妖）之：设法取得，求得。

不算有特别的害处。至于佛教徒就更加厉害了:他们把富贵看作好像虎豹落入了陷阱,鱼鸟撞进了罗网,活生生的人踏入沸水、钻进火堆那样,求死不能死,求生不能生,竟然像这样痛苦至极啊。这就是儒教、道教、佛教不同的地方。但是它们都希望探求天地万物的道理,以便摆脱世间束缚,却是一致的。因为一定要摆脱世间束缚,然后才能够免除富贵给人带来的痛苦。

尧禅让王位给舜,唯恐舜像许由那样听都不愿意听,还用水冲洗自己的耳朵。只要舜能接替自己,就是一件大好事,把王位推得远远的,唯恐得不到这样便宜的事。尧并不是认为舜治理天下有超过自己的本领,因此禅让王位给他以有利于人民,这是非常清楚的。孔子说吃粗粮,喝冷水,也自有乐趣;颜回住在简陋的小巷里,一竹筐饭,一瓜瓢水,安于穷苦的生活:这岂不是和尧的心意一样么!从颜回死了之后,精微之论中断了,圣贤之学将要消亡了,儒家丧失了真正的传人,所以孔子哀叹:“老天爷要我的命啊!”这是为什么呢?因为孔子门徒们虽然从师求学,并没有以探求至理为意,而其中不免有些人跑到诸侯大夫那里做了官,享受荣华富贵,背离了孔门师道。何况继此而后,则为汉儒牵强附会的“天人感应”,宋儒生拉硬扯的理学呢!又何况再往后即以宋儒为样板,以生拉硬扯的一套为主旨呢!后来的儒家越来越卑鄙，学风越来越败坏啊！无怪乎这种儒学道统的弊害流传到今日，就有那么一些人表面上讲道学，暗地里求富贵，穿戴倒是文雅，行为却像猪狗一样。

世上不讲道学而得到荣华富贵的人不少，何必要通过讲道学而作为谋求富贵的本钱呢？这没有其他缘故，不需要讲道学而能自然得到富贵的，这种人一定有学识有才干，有作为有操守，即使想不给他荣华富贵，也是不可能的。只有那些没有才干没有学识的人，如果不以讲圣人道学的名义求取，就会终身贫穷低贱，感到耻辱，这就是一定要以讲道学作为谋求富贵的本钱的原因。既然这样，那么今天没有才干没有学问，没有作为没有见识，而又想谋求大富大贵的人，就绝对不可以不讲道学了。今天那些想确实认真讲道学，以便探求儒教、道教、佛教摆脱世间束缚的意旨，免除尘世富贵之苦的人，就绝对不可以不剃发做和尚了。

道　　学

本文选自《初潭集》卷二十。全篇以简短的文字揭露了道学、道学家的腐朽与虚伪。道学，不过是道学家们用来追逐功名利禄的工具，取得富贵的资本，并作为掩盖他们欺世罔人行径的一块遮羞布。结尾特别指出孔子就是道学家的祖师爷，道学是孔学的演变，道学的一切祸害其源盖出于孔子。

道学其名也①。故世之好名者必讲道学，以道学之能起名也。无用者必讲道学，以道学之足以济用也。欺

① 道学：即宋、明两代的理学。

天罔人者必讲道学，以道学之足以售其欺罔之谋也。噫！孔尼父亦一讲道学之人耳[①]，岂知其流弊至此乎！

【翻译】

道学就是它的名称。所以社会上追逐名利的人必讲道学，因为讲道学就能出名；没有学问才能、没有作为的人必讲道学，因为讲道学就能被赏识重用，升官发财；欺骗蒙蔽别人的人必讲道学，因为讲道学就能实现他欺骗别人的阴谋诡计。唉！孔丘先生也是一个讲道学的人呢，他哪里知道孔学、道学的流弊到了这种地步啊！

---

① 孔尼父：即孔子。孔子名丘，排行第二，字仲尼。周代贵族男子常在字前加伯仲叔季来表示其排行，字后加父或甫字来表示其性别，组成男子字的全称，如：仲尼父。可省去排行，则为尼父。

《焚书》自序

《焚书》是李贽的主要著作之一，收录了他万历十八年(1590)以前所写的书信、杂著、史论、诗歌等。书中大量的篇幅批判了儒家经典和以程颐、朱熹为代表的宋明理学，对封建礼教和假道学作了有力的抨击。万历十八年，《焚书》在湖北麻城第一次刻印，本文为李贽自序。

李贽在自序中说：我书中所说的话，颇能击中当代道学家的要害，他们必然要迫害我，所以应该把它烧掉，称为“焚书”。但是，他又说，所以要烧掉，是因为有的人听不进，是逆耳之言；但是我的书能深入人心，为人们所欢迎，哪怕有杀身之祸，也要刻印出版。

在李贽生前，《焚书》刊行不止一次，几经统治阶级的禁毁。现在流行的《焚书》是李贽死后由别人重编刊行的，有些作品写于万历十八年以后。

自有书四种：一曰《藏书》，上下数千年是非，未易肉眼视之也，故欲藏之，言当藏于山中以待后世子云也。一曰《焚书》，则答知己书问，所言颇切近世学者膏肓①，既中其痼疾，则必欲杀我矣；故欲焚之，言当焚而弃之，不可留也。《焚书》之后，又有别录，名为《老苦》，虽同是《焚书》，而另为卷目，则欲焚者焚此矣。独《说书》四十四篇，真为可喜，发圣言之精蕴，阐日用之平常，可使读者一过目便知入圣之无难，出世之非假也。信如，传注则是欲入而闭之门，非以诱人，实以绝人矣，乌乎可！其为说，原于看朋友作时文②，故《说书》亦佑时文；然不佑者故多也。

今既刻《说书》，故再《焚书》亦刻，再《藏书》中一二论著亦刻，焚者不复焚，藏者不复藏矣。或曰："诚若是，

---

① 膏肓(huāng 荒)：谓心膈之间。膏，心下微脂；肓，膈上薄膜。病入膏肓，则为难治之症。 ② 时文：明清称八股文为时文。

不宜复名《焚书》也，不几于名之不可言，言之不顾行乎？"嘻嘻！余安能知，子又安能知。夫欲焚者，谓其逆人之耳也；欲刻者，谓其入人之心也。逆耳者必杀，是可惧也。然余年六十四矣，倘一入人之心，则知我者或庶几乎[①]！余幸其庶几也，故刻之。

卓吾老子题湖上之聚佛楼

【翻译】

我自己著书有四种：一种叫《藏书》，评论上下数千年是非，不是能轻易让凡人肉眼看的，所以想收藏起来，可说是应藏于深山之中，以等待后世君子吧。一种叫《焚书》，则是与朋友知己等人的书信问答，其中所说的话，颇能击中当今道学家的要害；既然刺痛了他们经久难治的恶疾，他们就必然要杀害我，所以要把它烧掉，就是说，应该把它焚烧而丢弃，不能留存。《焚书》编完之后，另外还有编录，名称叫《老苦》，虽然同样是《焚书》，但是另外编定卷次篇目，如果要焚烧的话就焚烧这一种吧！唯独有《说书》四十四篇，读来确实令人欣喜，阐发圣贤之言的精华，剖析日常事物平凡的道理，可以使读

---

① 庶几(jī基)：指贤者。《三国志·吴志·张承传》："凡在庶几之流，无不造门。"

者一过目便懂得，进入圣贤的行列并没有什么困难，摆脱世间束缚也可以做到，并不是一句空话。确实呵，经传注疏却是要人深入其中而又把门关闭，并不是引导人，实在是拒绝人啊，这怎么行呢！我写《说书》中的文章，发端于看朋友写八股文，所以《说书》也算是佑助八股文；然而其中并不佑助八股文的本来就很多。

现在已经刻印了《说书》，故又《焚书》也刻印，又《藏书》中少部分论著也刻印，焚烧的书不再焚烧了，藏起来的书不再藏了。有人会说："果真如此，不应当还是以《焚书》作为书名，这不是近于名称与所说不相合，所说与所行不一致吗？"唉，唉！我怎么能够知道，你又怎么能够知道！所以要焚烧，是因为说的话不顺耳，有的人听不进；所以要刻印，是因为这部书能深入人心。说不顺耳的话必定要杀头，这当然可怕。但是我已六十四岁了，还怕死吗？倘若我的书一下子深入人心，那么了解我的人或许是贤能之士吧！我期待这些贤能之士啊，所以刻印这部书。

卓吾老子题于龙潭湖上聚佛楼

与焦弱侯

本文选自《焚书》卷一。这是李贽写给他好友焦竑的一封信。焦竑，字弱侯，号澹园，江宁（今江苏南京）人。曾任万历时修撰、讲官，著有《焦氏笔乘》、《玉堂丛话》、《献征录》、《国史经籍志》等，是当时著名学者。焦竑与李贽交谊很深，但也崇拜过被李贽讥为“假道学”的耿定向，被耿定向荐举为崇正书院之长，对耿定向的虚伪面目缺乏认识。李贽在这封信里，通过形象的比喻，着重阐述了不能在见识浅陋的俗人中寻找豪杰的道理，告诫焦竑要善于辨识什么是真正的豪杰。全信语言流畅，笔锋锐利，有较强的说服力。

人犹水也，豪杰犹巨鱼也。欲求巨鱼，必须异水；欲求豪杰，必须异人，此的然之理也！今夫井非不清洁也，味非不甘美也，日用饮食非不切切于人①，若不可缺以旦夕也。然持任公之钓者②，则未尝井焉之之矣③。何也？以井不生鱼也，欲求三寸之鱼，亦了不可得矣。

今夫海未尝清洁也，未尝甘旨也④。然非万斛之舟不可入⑤，非生长于海者不可以履于海。盖能活人，亦能杀人；能富人，亦能贫人。其不可恃之以为安，倚之以为常也明矣。然而鹍鹏化焉⑥，蛟龙藏焉，万宝之都⑦，而吞舟之鱼所乐而游遨也。彼但一开口，而百丈风帆并流以入，曾无所于碍，则其腹中固已江、汉若矣。此其为物，岂豫且之所能制⑧，网罟之所能牵耶⑨？自生自死，自去自来，水族千亿，惟有惊怪长太息而已，而况人未之见乎！

---

① 切切：迫切的样子。 ② 任公之钓：典出《庄子·外物》。传说任国公子用五十头牛作钓饵，蹲在会稽，投竿东海，钓得一大鱼，使东到浙江，南到苍梧的人都能饱餐一顿。③ 井焉之之：即到井边去的意思。 ④ 甘旨：美味。 ⑤ 万斛之舟：指大船。斛：容器名，古以十斗为斛，宋以后又以五斗为斛。 ⑥ 鹍鹏化焉：典出《庄子·逍遥游》。鹍鹏：即鲲鹏。传说北海有大鱼，名叫鲲，化而为鹏。鹏之背，宽几千里。⑦ 都：聚的意思。 ⑧ 豫且：传说春秋时宋人。以钓鱼为业，曾网得一神龟。 ⑨ 网罟（gǔ 古）：网为用绳线织成的捕鱼或鸟兽的用具。罟同网，是网的总名。

余家泉海①，海边人谓余言："有大鱼入港，潮去不得去，呼集数十百人，持刀斧，直上鱼背，恣意砍割，连数十百石，是鱼犹恬然如故也②。俄而潮至，复乘之而去矣。"然此犹其小者也。乘潮入港，港可容身，则兹鱼亦苦不大也③。余有友莫姓者，住雷海之滨④，同官滇中⑤，亲为我言："有大鱼如山，初视，犹以为云若雾也。中午雾尽散，果见一山在海中，连亘若太行⑥，自东徙西，直至半月日乃休。"则是鱼也，其长又奚啻三千余里者哉⑦！

嗟呼！豪杰之士，亦若此焉尔矣。今若索豪士于乡人皆好之中，是犹钓鱼于井也，胡可得也？则其人可谓智者欤！何也？豪杰之士决非乡人之所好，而乡人之中亦决不生豪杰。古今贤圣皆豪杰为之，非豪杰能为圣贤者，自古无之矣。今日夜汲汲⑧，欲与天下之豪杰共为贤圣，而乃索豪杰于乡人，则非但失却豪杰，亦且失却贤圣之路矣。所谓北辕而南其辙⑨，亦又安可得也！吾见其

---

① 泉海：即泉州。泉州滨海，故称泉海。 ② 恬然：安适的样子。 ③ 苦：极。 ④ 雷海：即雷州。雷州滨海，故称雷海。治今广东雷州市。 ⑤ 滇中：指今云南。李贽五十岁时曾赴云南任姚安知府。 ⑥ 太行：即太行山，在今山西东部。 ⑦ 奚啻（chì 翅）：岂止，何止。 ⑧ 汲汲：心情急切的样子。 ⑨ 北辕而南其辙：典出《战国策·魏策》。指有人欲南至楚国，却驾车北走。北辕，车头朝北。南辙，车子走过的痕迹却往南。比喻行动和目的相反。

人决非豪杰，亦决非有为圣贤之真志者。何也？若是真豪杰，决无有不识豪杰之人；若是真志要为圣贤，决无有不知贤圣之路者，尚安有坐井钓鱼之理也？

【翻译】

人好比是水，豪杰好比是大鱼。想要得到大鱼，必须到不平常的水中去；想要得到豪杰，也必须到不平常的人中去。这是确实的道理。现在井不是不清洁，味道也不是不甘美，对于人来说日用饮食并不是不迫切，好像早晚都是不可缺少的。但是拿着任公钓钩的人没有到井边去钓鱼的。为什么呢？因为井中没有鱼。想要得到三寸的小鱼，也是绝对得不到的。

现在海并不是清洁的，也不是甘美的。然而不是万斛的大船不可以进入，不是生长于海里的东西不可以在海中自由自在地活动。因为海能养活人，也能把人杀死，能使人富，也能使人贫穷。不可凭借它以为安全，不可经常依靠它，这是很明白的。然而鲲鱼在这里化为大鹏，蛟龙在这里深藏，各种各样的宝物聚集在这里，可以吞下船的大鱼在这里快乐地遨游。它只要一张开大口，百丈风帆与海水一起流入，一点也没有阻碍，在它的腹中本来已经同长江、汉水一样长了。这样大的鱼，像豫且那样的人怎么能够制服住它，捕鱼的网怎么能够拉住它呢？它自己生自己死，自己去自己来，水族有千亿种，只有惊奇而长叹息了，更何况人还有没有见过的呢！

我的家在靠近海的泉州，海边的人对我讲："有大鱼进入港口，潮落了它退不出去。呼唤集合了数十百人，拿着刀斧，爬上鱼背，任意砍割，连续有数十百石重，这条大鱼仍然安适的样子和过去差不多。不一会儿潮水又来了，大鱼顺着潮水又到海里去了。"然而这鱼仍还是小的。顺着潮水可以进入港口，在港口容得下它的身子，那么这鱼也是不大的了。我有个姓莫的朋友，住在靠近海的雷州，与我一起到云南去做官，亲自对我讲："有大鱼像山一样，开始看它，还以为是雾。中午雾散了，果然见到它在海中如山，连绵不断像太行山，自东一直往西，直到半个月才看完。"那么这条大鱼，它的长度又哪里只有三千余里呢！

唉！称为豪杰的人，也像这样。现在假如要在见识浅陋的俗人都称好的人中寻找豪杰，就好比在井中钓鱼一样，怎么能够得到呢？那么这样的人可称作聪明人吗！为什么呢？被称为豪杰的人决不会被见识浅陋的俗人称赞为好的，而在见识浅陋的俗人中也一定产生不了豪杰。自古至今的圣贤都是豪杰所为，不是豪杰能成为圣贤的，从古就没有过。现在日日夜夜心情迫切，想要和天下的豪杰一起成为圣贤，却在见识浅陋的俗人中寻找豪杰，那么不但寻找不到豪杰，而且也失掉了成为圣贤的道路。这好比是想到南方去而驾车往北走，又怎么能够达到目的呢！我看这样的人决不是豪杰，也一定没有成为圣贤的真正志向。为什么呢？假如是真正的豪杰，一定不会有不能识别豪杰的人；假如是真正有志向要成为圣贤，一定不会有不知道成为圣贤道路的，又怎么能有坐在井边钓鱼的道理呢？

答邓石阳

本文选自《焚书》卷一。在这封信里，李贽继承王艮"百姓日用是道"的思想，把道和百姓的家常事即普通的生产、生活活动联系起来，认为这才是真正的道、真正的学问。他明确指出："穿衣吃饭，即是人伦物理；除却穿衣吃饭，无伦物矣。"这反映了他注重社会现实生活的观点，具有一定的进步意义。邓石阳，名林材，李贽友人，但他们两人的哲学观点并不完全一致，所以李贽写了这封信作为回答，对假道学空谈"性"、"理"作了尖锐的批判。

穿衣吃饭，即是人伦物理①；除却穿衣吃饭，无伦物矣②。世间种种，皆衣与饭类耳，故举衣与饭，而世间种种自然在其中，非衣饭之外，更有所谓种种绝与百姓不相同者也。学者只宜于伦物上识真空③，不当于伦物上辨伦物。故曰："明于庶物，察于人伦④。"于伦物上加明察，则可以达本而识真源⑤；否则只在伦物上计较忖度，终无自得之日矣。支离、易简之辨⑥，正在于此。明察得真空，则为由仁义行⑦；不明察，则为行仁义⑧，入于支离而不自觉矣，可不慎乎！

昨者复书"真空"十六字，已说得无渗漏矣，今复为

① 人伦：人与人之间关系的准则。物理：事物的道理。 ② 伦物：即人伦物理，指人事和物理。 ③ 真空：佛教语。佛教持唯心主义观点，否认客观世界的真实性，达到所谓"不有不无"，无小大、无差别的绝对，称为真空。 ④"明于庶物，察于人伦"：把种种人事物理看得明白清楚。庶物，万物。庶，众多。 ⑤ 真源：佛教语。即"心源"。佛教以自我意识的修持与证悟，来达到认识的最高境界。 ⑥ 支离：烦琐分散。易简：平易简捷。宋明理学有主易简的陆九渊、王阳明的心学和主烦琐义理的程颐、朱熹的理学之别。李贽受泰州学派影响，倾向于易简。 ⑦ 由仁义行：一举一动都出于以百姓日用为根本的仁义之心，自然无碍地去做。 ⑧ 行仁义：这里指沽名钓誉，虚伪做作地去推行仁义。

注解以请正，何如？所谓“空不用空”者，谓是太虚空之性①，本非人之所能空也。若人能空之，则不得谓之太虚空矣，有何奇妙，而欲学者专以见性为极则也耶？所谓“终不能空”者，谓若容得一毫人力②，便是塞了一分真空；塞了一分真空，便是染了一点尘垢③。此一点尘垢，便是千劫系驴之橛④，永不能出离矣，可不畏乎！世间荡平大路⑤，千人共由，万人共履，我在此，兄亦在此，合邑上下俱在此，若自生分别，则反不如百姓日用矣。幸裁之。

弟老矣，作笔草草，甚非其意。兄倘有志易简之理，不愿虚生此一番，则弟虽吐肝胆之血以相究证，亦所甚愿。如依旧横此见解，不复以生死为念，千万勿劳赐教也！

---

① 太虚：哲学名词。宋张载认为“太虚即气”，“太虚”、“气”、“万物”乃是同一物质实体的不同状态。 ② 毫：重量单位。十丝为一毫，十毫为一厘。此处比喻轻、微。 ③ 染：佛教指接触现实世界，一切闻见、思欲、行为曰染。尘垢：尘土和污垢。 ④ 劫：佛教语。人寿从十岁起，每百年增一岁，到八万四千岁为一增；从八万四千岁起，每百年减一岁，到十岁为一减；一增一减为一小劫，二十小劫为一中劫，四中劫为一大劫，千劫等于几千万年。系驴之橛：佛教语。指路旁系驴马的木桩，比喻束缚人的东西。 ⑤ 荡平大路：平坦宽广的大道。

【翻译】

穿衣吃饭就是人伦物理；离开穿衣吃饭，就谈不上人伦物理。人世间的一切事物，都和穿衣吃饭的道理是相类的，因此举出穿衣吃饭来，人世间的一切自然包括在其中了，并不是在穿衣吃饭之外，还有什么和老百姓的穿衣吃饭绝不相关的东西。学者只能够通过人伦物理来认识这客观世界的真实，而不能够就人伦物理来辨别人伦物理，所以说："要把种种穿衣吃饭这样的人伦物理都看得清清楚楚，明明白白。"在人伦物理上能够看得清楚明白，那么就可以达到本体最后得到理性的认识；否则只在人伦物理上推测估计，终究也不能够有得到理性的认识这一天。烦琐分散还是平易简捷的争论，正在于这一点。清楚明白地认识了客观世界的真实，就会按仁义之心去行动；没有清楚明白地认识客观世界的真实，就会人为地去推行仁义，陷于烦琐分散的义理而自己不觉得，难道可以不谨慎吗！

前些天回信说"真空"这十六个字，已经说得没有遗漏了，现在再作进一步解释请你指正，怎么样？所说的"空不用空"，讲的是太虚以"空"为性，这是自然如此而不是人为造成的；假如人为能造成这样，那么就不能说太虚以"空"为性了，这有什么奇妙，而想使学者独独以空谈"性"、"理"为准则了呢？所说的"终不能空"，讲的是如果容得一点人力，便塞了一分真空；塞了一分真空，便沾染了尘土和污垢。这一点尘土和污垢，就是几千万年也摆脱不了它的束缚，永远也不能再离开了，难道可以不畏惧吗！人世间平坦宽广的大道，所有的人共同经过，所有的人共同踩踏，我在这里，您也在这里，全城上上下下都在这里，假如自己去妄作分别，那么反而不如讲以百姓日用为根本这样的人伦物理了。希望您裁定它。

我已经老了，回信草草，不能完全表达我的意思。您假如有志于平易简捷的道理，不愿意空虚地度过这一生，那么我即使吐肝胆之血来和您研究论证，也是我所愿意的。假如依旧横放着这一性理见解，不以虚度此生为念，那就不需要再来信给我以教诲了！

答焦漪园

本文选自《焚书》卷一。李贽写这封信时，《焚书》和《藏书》已初步完成。在信中，他明确宣布了自己的写作意图，《焚书》是对反动统治阶级和道学家进行战斗的“忿激语”，是被他们咒为“当焚而弃之”的东西。《藏书》则一反千百年来沿袭的孔子的是非标准，为历史上被儒家歪曲了的英雄鸣不平。这表现了他用笔批判当时的反动统治和揭露道学家丑恶嘴脸的进步思想，同时也申述了他要战斗到底的决心。漪园，焦竑号。

承谕，《李氏藏书》，谨抄录一通，专人呈览。年来有书三种，惟此一种系千百年是非，人更八百，简帙亦繁①，计不止二千叶矣。更有一种，专与朋辈往来谈佛乘者②，名曰《李氏焚书》，大抵多因缘语、忿激语③，不比寻常套语。恐览者或生怪憾，故名曰《焚书》，言其当焚而弃之也。见在者百有余纸，陆续则不可知，今姑未暇录上。又一种则因学士等不明题中大旨，乘便写数句贻之，积久成帙，名曰《李氏说书》，中间亦甚可观。如得数年未死，将《语》、《孟》逐节发明④，亦快人也。惟《藏书》宜闭秘之，而喜其论著稍可⑤，亦欲与知音者一谈，是以呈去也。其中人数既多，不尽妥当，则《晋书》、《唐书》、《宋史》之罪⑥，非余责也。

窃以魏、晋诸人标致殊甚⑦，一经秽笔，反不标致。

---

① 简帙（zhì 志）：卷册。简：竹简。帙：包书的套子。
② 佛乘（shèng 剩）：这里指佛教。 ③ 因缘语：因缘是佛教术语。佛教常用事物之间的关系来说明它们的生起和变化的现象。其中为事物生起或坏灭的主要条件叫做因，为辅助条件叫做缘。因缘语即谈论因缘的话。 ④《语》、《孟》：指《论语》、《孟子》。 ⑤ 论著：指《藏书》中李贽写的批语、按语、评论等。 ⑥《晋书》：唐房玄龄等人编写的晋代史，一百三十卷。《唐书》：指《旧唐书》、《新唐书》，分别由后晋刘昫、宋欧阳修、宋祁等人编写的唐代史，《旧唐书》二百卷，《新唐书》二百二十五卷。《宋史》：元脱脱等人编写的宋代史，四百九十六卷。 ⑦ 标致：指风度、才华很出色。

真英雄子，画作疲软汉矣；真风流名世者，画作俗士；真啖名不济事客①，画作褒衣大冠②，以堂堂巍巍自负。岂不真可笑！因知范晔尚为人杰③，《后汉》尚有可观④。今不敢谓此书诸传皆已妥当，但以其是非堪为前人出气而已，断断然不宜使俗士见之。望兄细阅一过，如以为无害，则题数句于前，发出编次本意可矣，不愿他人作半句文字于其间也。何也？今世想未有知卓吾子者也。然此亦惟兄斟酌行之。弟既处远，势难遥度，但不至取怒于人，又不至污辱此书，即为爱我。中间差讹甚多，须细细一番乃可。若论著则不可改易，此吾精神心术所系⑤，法家传爰之书⑥，未易言也。

本欲与上人偕往⑦，面承指教，闻白下荒甚⑧，恐途次有警，稍待麦熟，或可买舟来矣。生平慕西湖佳胜⑨，便于舟航，且去白下密迩⑩。又今世俗子与一切假道学，

---

① 啖（dàn 淡）名：贪图名声。 ② 褒衣大冠：宽袍大帽。常指古代儒者或显贵者的装束。 ③ 范晔：南朝宋史学家。字蔚宗，顺阳（今河南淅川东南）人。善文章，通音律。著有《后汉书》。 ④《后汉》：指《后汉书》。 ⑤ 心术：心计。这里指情志。 ⑥ 法家：掌刑法的官吏。传爰之书：古代记录囚犯供辞的文书。 ⑦ 上人：对和尚的尊称。 ⑧ 白下：指南京。因历史上曾于南京城附近设白下县，所以常把白下作为南京的别称。当时焦竑住在南京。 ⑨ 西湖：指杭州西湖。 ⑩ 密迩：贴近，靠近。

共以异端目我，我谓不如遂为异端，免彼等以虚名加我，何如？夫我既已出家矣①，特余此种种耳②，又何惜此种种而不以成此名耶！或一会兄而往，或不及会，皆不可知，第早晚有人往白下报曰，“西湖上有一白须老而无发者”，必我也夫！必我也夫！从此未涅槃之日③，皆以阅藏为事④，不复以儒书为意也。（节选）

【翻译】

承蒙告知，您要《李氏藏书》，我特地抄了一遍，派人专程送上供您阅览。近年来著有三种书，惟独这一种关系到千百年历史的是非，涉及到八百余个人物，卷册也很繁多，算起来不止二千页了。还有一种是专门和朋友们谈论佛教的来往书信文章，题名为《李氏焚书》，里面大多是谈论因缘和愤世嫉俗的话，不比寻常公式化的语言。我担心有的读者会对它产生责怪和不满，所以题名为《焚书》，是说应当烧毁它，抛弃它。现在已经有一百多页，陆续补充多少就不知道了。目前因为没有空所以暂时不抄录给您。又有一种是因为读书人不明白《四

---

① 出家：佛教指脱离家庭，到寺庙做和尚。 ② 特余此种种：只剩下这些短少的头发。种种，指头发短少。 ③ 涅槃：佛教术语。意为入灭、圆寂，佛教所谓的最高境界。实际指人死。 ④ 藏（zàng 葬）：佛教道教经典的总称。这里指佛经。

书》等书中各章节的中心大意，乘便写上几句送给他们，积多了就成卷册，题名为《李氏说书》，书里面也有可看的东西。假如我能够再多活几年，将把《论语》、《孟子》逐段逐句地加以阐明，让它的本意显露出来，这也是一件令人愉快的事。只有《藏书》应该封藏起来，而喜欢这中间的批语、按语、评论等还稍可人意，也想和知音的人谈一谈，所以送给您看。里面人数很多，不一定都很妥当，那么这是《晋书》、《唐书》、《宋史》本来就有谬误、问题的缘故，不能说是我的责任。

我认为魏晋时代的许多人是很有风度，很有才华的，但一经那些所谓史家肮脏的笔记述，反而失去了光彩。历史上真正的英雄人物，被描写成软弱无能的人；真正闻名于世的杰出人物，被描写成庸俗之辈：而那些只知道贪图名声成不了大事的人，却被宽袍大帽打扮起来，自以为是很了不起的大人物，岂不是真可笑吗？因而知道范晔还算是个杰出的人，他的《后汉书》还值得一看。现在不能说《藏书》里各个人物传记的编写和评论都已经妥当，只是认为书中的褒贬很能为前人出气罢了，这书绝对不应当让庸俗的人看到它。希望您能仔细地看一遍，如果认为没有危害，那么写几句话在书的前面，讲出此书编排的本意就可以了，我不愿有其他人写半句话在这书中间。为什么呢？这一辈子想来不会再有理解我李贽的人了。然而在书的前面写几句话这件事也只能由您考虑着办理。我既然和您相距很远,势必难以推测您的想法,只要您写的不至于激怒他人,又不至于污辱这本书,就是爱护我了。书里面差错之处很多,必须细细地审阅一下才行。至于书中的批语、按语、评论部分则不要改动,因为这是我的思想和情志凝聚而成的,执法官可以把它当作给我定罪的供词,不是轻易就说出来的话。

本来想和僧人一起到您处,当面得到您的指教,听说南京遭了饥荒,担心途中有意外事故,只好过一段等麦子熟了,或许可以租船来了。我一生羡慕西湖的美景,又便于船行,再加上和南京靠近。另外,如今社会上一些庸俗的人和一切假道学先生,都把我看作是异端,我认为倒不如就做个异端,免得他们给我加上虚名,您以为怎么样?我已经出家了,只剩下这些短少的头发,又何必可惜这些短少的头发而不剃了头来成就异端之名呢!我也许和您会面以后再去西湖,也许来不及和您会面就去那里,这都不能预知,只是早晚有一天有人会到南京告诉您说:“西湖上有一个白胡子秃头的老人。”那一定就是我了!一定就是我了!从此以后直到死时为止,我只把阅读佛经作为自己的事,不再把儒家的书挂在心上了。

答耿中丞

本文选自《焚书》卷一。这是李贽回答道学家耿定向的一篇战斗檄文。耿中丞，即耿定向，字在伦，号天台，湖北黄安(今湖北红安)人。当时任都察院左副都御史。中丞是都御史的别称。耿定向严守封建社会的礼教，维护孔孟儒学的正统，对李贽的“异端”思想极为不满，认为“异端”思想的兴起，使得“学术浇漓，人心陷溺”。在这种情况下，李贽以无所畏惧的勇气，写下了这封书信，批驳了耿定向的尊孔谬论。在此基础上，李贽还进一步对以“仁”为核心的儒学理论进行了批判，要求冲破“德礼政刑”的桎梏。与此同时，李贽提倡“个性”发展，主张“各从所好，各骋所长”，这在一定程度上反映了新兴市民阶层的要求和愿望，体现了时代特征。

昨承教言，深中狂愚之病①。夫以率性之真②，推而扩之，与天下为公，乃谓之道③。既欲与斯世斯民共由之，则其范围曲成之功大矣④。“学其可无术欤”⑤，此公至言也，此公所得于孔子而深信之以为家法者也。仆又何言之哉！然此乃孔氏之言也，非我也。夫天生一人，自有一人之用，不待取给于孔子而后足也。若必待取足于孔子，则千古以前无孔子，终不得为人乎？故为愿学孔子之说者，乃孟子之所以止于孟子⑥，仆方痛憾其非夫，而公谓我愿之欤？

且孔子未尝教人之学孔子也。使孔子而教人以学

① 狂愚：狂妄愚昧。作者自称“狂愚”，表示对道学家的蔑视。 ② 率性：语出《礼记·中庸》：“天命之谓性，率性之谓道。”这里指人直率坦白的本性，是反对孔孟儒学的。 ③ 道：道理、法则。 ④ 范围曲成：语出《周易·系辞》：“范围天地之化而不过，曲成万物而不遗。”范围曲成即效法天地，影响万物的意思。功：功用、作用。 ⑤ 术：方法、途径。 ⑥ 止：只能。

孔子，何以颜渊问仁①，而曰“为仁由己”②，而不由人也欤哉！何以曰“古之学者为己”③，又曰“君子求诸己”也欤哉④！惟其由己，故诸子自不必问仁于孔子；惟其为己，故孔子自无学术以授门人。是无人无己之学也。无己，故学莫先于克己；无人，故教惟在于因人⑤。试举一二言之：如仲弓⑥，居敬行简人也，而问仁焉，夫子直指之曰敬恕而已。雍也聪明⑦，故悟焉而请事。司马牛遭兄弟之难⑧，常怀忧惧，是谨言慎行人也，而问仁焉，夫子亦

① 颜渊：即颜回，字子渊，春秋末鲁国人。孔子得意门人，贫而好学，以德行见称。 ②“为仁由己”：见《论语·颜渊》。颜渊问仁，子曰：“克己复礼为仁。一日克己复礼，天下归仁焉。为仁由己，而由人乎哉！”意思是要做到仁，完全在于自己。 ③“古之学者为己”：见《论语·宪问》。子曰：“古之学者为己，今之学者为人。”意思是古代学者做学问是为了提高自己。 ④“君子求诸己”：见《论语·卫灵公》。子曰：“君子求诸己，小人求诸人。”意思是君子要严格要求自己。 ⑤ 因人：按照各人不同情况。 ⑥ 仲弓：即冉雍，字仲弓，春秋末鲁国人。孔子得意门人，出身微贱，以德行见称。 ⑦ 雍：冉雍，即仲弓。 ⑧ 司马牛：孔子门人。宋国贵族桓魋之弟。此句指桓魋在宋国遭到奴隶主统治者的打击，全家被迫出逃。司马牛逃到鲁国，拜孔子为师。由于失去了贵族的地位，常常流露忧虑不安的情绪。

直指曰“其言也讱”而已①。牛也不聪，故疑焉而反以为未足。由此观之，孔子亦何尝教人之学孔子也哉！夫孔子未尝教人之学孔子，而学孔子者务舍己而必以孔子为学，虽公亦必以为真可笑矣。

夫惟孔子未尝以孔子教人学，故其得志也，必不以身为教于天下。是故圣人在上，万物得所②，有由然也。夫天下之人得所也久矣，所以不得所者，贪暴者扰之，而“仁者”害之也③。“仁者”以天下之失所也而忧之④，而汲汲焉欲贻之以得所之域⑤。于是有德礼以格其心⑥，有政刑以絷其四体⑦，而人始大失所矣。

夫天下之民物众矣，若必欲其皆如吾之条理，则天地亦且不能。是故寒能折胶⑧，而不能折朝市之人⑨；热能伏金⑩，而不能伏竞奔之子⑪。何也？富贵利达所以厚吾天生之五官，其势然也。是故圣人顺之，顺之则安

---

① “其言也讱(rèn 任)”：见《论语·颜渊》。“司马牛问仁。子曰：‘仁者，其言也讱。’”意思是说话要慎重。② 得所：得到妥善的安置。③ “仁者”：指讲仁义道德的儒生。④ 失所：不能得到妥善的安置。⑤ 汲汲：急迫的样子。贻(yí 遗)：赠给、赐予。⑥ 格其心：束缚人们的思想。格：限制、束缚。⑦ 絷(zhí 执)其四体：限制人们的行动。絷：捆绑。⑧ 寒能折胶：寒冷能使胶折断。胶质柔韧，遇冷变脆，可折断。⑨ 朝市之人：朝为朝廷，市为市集，指名利场中的人。⑩ 伏：制伏，这里指熔化。⑪ 竞奔之子：指争逐名利之徒。

之矣。是故贪财者与之以禄，趋势者与之以爵，强有力者与之以权，能者称事而官①，愞者夹持而使②。有德者隆之虚位，但取具瞻③；高才者处以重任，不问出入。各从所好，各骋所长，无一人之不中用。何其事之易也？虽欲饰诈以投其好，我自无好之可投；虽欲掩丑以著其美，我自无丑之可掩。何其说之难也？是非真能明明德于天下④，而坐致太平者欤！是非真能不见一丝作为之迹⑤，而自享心逸日休之效者欤！然则孔氏之学术亦妙矣，则虽谓孔子有学有术以教人亦可也。然则无学无术者，其兹孔子之学术欤！

公既深信而笃行之，则虽谓公自己之学术亦可也，但不必人人皆如公耳。故凡公之所为自善，所用自广，所学自当，仆自敬公，不必仆之似公也。公自当爱仆，不必公之贤于仆也。则公此行，人人有弹冠之庆矣⑥；否则

---

① 称事：能够胜任的事。 ② 愞（nuò 糯）：怯懦。 ③ 具瞻：语出《诗·小雅·节南山》："赫赫师尹，民具尔瞻。"这里意思是摆样子给别人看。 ④ 明明德：语出《礼记·大学》："大学之道，在明明德。"意为发扬最高的道德。 ⑤ 作为：即"作伪"。语出《尚书·周官》："作德心逸日休，作伪心劳日拙。" ⑥ 弹冠之庆：语出《汉书·王吉传》："吉与贡禹为友，世称'王阳在位，贡公弹冠'。"意为整洁帽子，准备去做官。这里是欢欣得意的意思。

同者少而异者多，贤者少而愚不肖者多，天下果何时而太平乎哉！

【翻译】

承蒙你来信教导，深深地切中我狂妄愚昧的毛病。一个人如果能做到直率坦白，并加以推广扩大，使天下的人都共有，这就叫做道。既然打算与世上的人们一起为此努力，那么效法天地、影响万物的作用就很大了。“做学问难道可以没有一定的方法吗？”这是你的至理名言，是你从孔子那里学来的并深信它可以作为家法尊奉的话。我还有什么好说的呢！但这只是孔子所说的话，不是我们的话。凡天生一个人，就有一个人的用处，不需要等待从孔子那里学到东西才算满足。如果必须等待从孔子那里学到东西才算满足，那么千百年以前没有孔子，难道就不能做人了吗？所以凡是愿意学习孔子学说的人，像孟子这样的也只能达到如此的地步，我正为孟子只能达到如此的地步而深感遗憾呢，你说我难道愿意那样做吗？

况且孔子也并没有教人去学他。假如孔子教人去学他，那么为什么颜渊问到仁的时候，孔子却说“要做到仁则完全在于自己”，而不说要靠别人呢！为什么说“古代学者做学问是为了提高自己”，又说“君子要严格要求自己”这样的话呢！正因为要靠自己，所以学生们就不必向孔子问仁了；正因为为了修养自己，所以孔子也没有什么学问可以教给学生们。这是既没有学问教别人也不要别人向他学习的学问。不要别人向他学习，所以学习首先要从自己做起，没有学问教别人，所以教别人只能按照各人的不同情况。试举一两个例子来说明：比如仲弓是个能识大体、办事严肃的人，他问孔子什么是仁，孔子直截了当说严肃认真推己及人就行了。仲弓很聪明，领会了孔子的意思并照着去做。司马牛因其兄桓魋的事经常忧惧，是个说话小心做事谨慎的人，他问孔子什么是仁，孔子也直截了当说说话谨慎就行了。司马牛不聪明，对孔子的话疑惑不解，反而觉得不满足。这样看来，孔子什么时候教过别人学习他呢！孔子没有教过别人学习他，而愿意学孔子的人偏要丢掉自己的见解去学习他，这种事想必你也一定认为是十分可笑的了。

正因为孔子没有教别人学习他，所以他得了势，也一定不会以自己为榜样来教育世上的人。因此圣人在上面，万物能得到妥善的安置，这是有它的理由的。世上的人各得其所已经很长久了，所以有不能得到妥善安置的，是因为贪婪残暴的人在骚扰他们，满口仁义道德的人在毒害他们。满口仁义道德的人为世上的人不能得到妥善的安置而忧愁，心情急迫地想给这些人以安身立命的处所。于是用道德伦理来束缚人们的思想,用政令刑法来捆住人们的手脚,这样世上的人就完全不能得到妥善的安置了。

天下的老百姓和事物是众多的,假如都要按照自己的安排来办事,那么天地也是办不到的。所以寒冷能够折断柔韧的胶,但是阻挡不住起早去上朝的官员和做买卖的商贩;热度能使金属熔化,但是阻挡不住为名利奔走的人。为什么呢?因为富贵利禄能够满足人们的欲望,这样做是必然的。所以圣人就顺着它去做,顺着它就安定了。因此贪财的人就给他利禄,追求权势的人就给他爵位,强有力的人就给他权力,能干的人给他以相称的官职,胆小软弱的人跟着听从使唤。有道德的人抬高他的地位,摆出个样子给大家看;有才能的人安排他去担任重要职务,不对他进行干涉。每个人都根据自己的喜好从事,发挥自己的所长,没有一个人不被充分使用。这样有什么事情不容易办好呢?虽然有些人想用欺诈的办法来迎合别人的喜好,但是我没有什么喜好让他迎合;虽然有些人想要掩盖丑陋来显示美善,但是我没有什么丑陋需要掩盖。这样这些话说起来又是多么地难啊!这难道不是真正把最高的道德发扬于天下,就很容易地获得天下太平了吗!这难道不是真正做到不见丝毫做作的痕迹,而享受舒畅安逸的效果吗!果真如此，那么孔子的学术真是很高超了，即使说孔子有学术用来教人也是可以的了。既然这样，无学无术大概就是孔子的学术吧！

你既然深深地相信并且切实地去做，那么说这是你自己的学术也是可以的了，但是不必要求人人都像你一样。所以凡是你所做的可以自认为好，所实行的可以自己推广，所学的可以自认为恰当，我自然很尊敬你，但不必要求我都像你一样。你当然很爱护我，但不必要求你一定比我高明。如果你这样去做，人人都会像做官一样欢欣得意了；不然的话，赞同你的人少而反对你的人多，高明的人少而愚蠢无用的人多，那天下到什么时候才能够太平呢！

又与焦弱侯

本文选自《焚书》卷二。在这封信里，李贽通过对黄生趋炎附势、追名逐利而又以游山玩水为借口骗人一事的描写，揭露了那些口是心非、言行不一的道学家伪君子面目。他们“口谈道德而心存高官，志在巨富”，一心为了猎取“高官重禄，好田宅，美风水，以为子孙荫”。作者尖锐地指出，这些人是真正的“败俗伤世者”，“可诛也”。全文笔锋犀利，语言泼辣，鲜明地表现了作者嫉恶如仇、光明磊落的性格。对商人的称赞和同情，反映了当时的社会特点。

郑子玄者①，丘长孺父子之文会友也②。文虽不如其父子，而质实有耻，不肯讲学，亦可喜，故喜之。盖彼全不曾亲见颜、曾、思、孟③，又不曾亲见周、程、张、朱④，但见今之讲周、程、张、朱者，以为周、程、张、朱实实如是尔也，故耻而不肯讲。不讲虽是过，然使学者耻而不讲，以为周、程、张、朱卒如是而止，则今之讲周、程、张、朱者可诛也。彼以为周、程、张、朱者皆口谈道德而心存高官，志在巨富；既已得高官巨富矣，仍讲道德，说仁义自若也；又从而哓哓然语人曰⑤："我欲厉俗而风世⑥。"彼谓败俗伤世者，莫甚于讲周、程、张、朱者也，是以益不信。不信故不讲。然则不讲亦未为过矣。

黄生过此⑦，闻其自京师往长芦抽丰⑧，复跟长芦长官别赴新任。至九江，遇一显者，乃舍旧从新，随转而

① 郑子玄：李贽在麻城讲学期间的朋友。 ② 丘子孺：即丘坦之，字长孺，麻城（今湖北麻城）人。万历时任海州参将，善书法和诗。 ③ 颜、曾、思、孟：颜回、曾参、子思、孟轲。颜回、曾参是孔子得意门人。子思是孔子孙子孔伋。四人均是儒家代表人物。 ④ 周、程、张、朱：周敦颐、程颢、程颐兄弟、张载、朱熹。他们都是宋朝著名理学家。 ⑤ 哓哓（xiāo 肖）：乱嚷乱叫。 ⑥ 厉：劝勉。风：教化。 ⑦ 黄生：当时一个讲道学的人，名不详。 ⑧ 京师：指明代都城北京。长芦：地名。在今河北沧州。抽丰：即打秋风。指假借各种名义向人索取财物或吃喝。

北，冲风冒寒，不顾年老生死。既到麻城，见我言曰：“我欲游嵩、少①，彼显者亦欲游嵩、少，拉我同行，是以至此。然显者俟我于城中②，势不能一宿。回日当复道此，道此则多聚三五日而别，兹卒卒诚难割舍云③。”言其如此，其情何如？我揣其中实为林汝宁好一口食难割舍耳④。然林汝宁向者三任⑤，彼无一任不往，往必满载而归，兹尚未厌足⑥，如饿狗思想隔日屎，乃敢欺我以为游嵩、少。夫以游嵩、少藏林汝宁之抽丰来嗛我⑦；又恐林汝宁之疑其为再寻己也，复以舍不得李卓老，当再来访李卓老，以嗛林汝宁：名利两得，身行俱全⑧。我与林汝宁几皆在其术中而不悟矣，可不谓巧乎！今之道学，何以异此！

由此观之，今之所谓圣人者⑨，其与今之所谓山人者一也⑩，特有幸不幸之异耳。幸而能诗，则自称曰山人，

---

① 嵩、少：嵩山、少室山。两山均在今河南登封北。② 俟（sì 四）：等待。③ 卒卒（cù 促）：仓促。④ 林汝宁：指林云程，福建晋江（今福建泉州）人。时任河南汝宁知府，故称林汝宁。好一口食：指好油水，即打秋风。⑤ 三任：三次上任做官。⑥ 厌足：满足。⑦ 嗛（qiè 怯）：通“慊”，满足。这里用为“使……满意”。⑧ 身行俱全：肉体享受得到满足，名声品行得到保全。⑨ 圣人：这里指道学家。他们以传孔子之道自命，所以李贽就嘲讽他们为“圣人”。⑩ 山人：原指隐居山林的清高之士。这里嘲讽一批靠趋附权贵谋生的帮闲文人。

不幸而不能诗，则辞却山人而以圣人名。幸而能讲良知①，则自称曰圣人；不幸而不能讲良知，则谢却圣人而以山人称。展转反复，以欺世获利，名为山人而心同商贾，口谈道德而志在穿窬②。夫名山人而心商贾，既已可鄙矣，乃反掩抽丰而显嵩、少，谓人可得而欺焉，尤可鄙也！今之讲道德性命者③，皆游嵩、少者也；今之患得患失，志于高官重禄，好田宅，美风水，以为子孙荫者④，皆其托名于林汝宁，以为舍不得李卓老者也。然则郑子玄之不肯讲学，信乎其不足怪矣。

且商贾亦何可鄙之有？挟数万之赀⑤，经风涛之险，受辱于关吏⑥，忍诟于市易，辛勤万状，所挟者重，所得者末。然必交结于卿大夫之门，然后可以收其利而远其害，安能傲然而坐于公卿大夫之上哉！今山人者，名之为商贾，则其实不持一文⑦；称之为山人，则非公卿之门

---

① 良知：语出《孟子·尽心》："所不虑而知者，其良知也。"指人的天赋认识能力，先天所具备的知识。这是一种唯心主义的先验论。 ② 穿窬（yú 于）：挖墙洞，爬墙头。指偷盗。 ③ 性命：指道学家鼓吹的"性命之学"，讲"天命"和"本性"。 ④ 荫：庇护。 ⑤ 挟：带着。赀（zī 资）：资本、资金。⑥ 关吏：关卡上的官吏。 ⑦ 持：持有。一文：一个铜钱。这里指没有任何资本。

不履[1]，故可贱耳。虽然，我宁无有是乎？然安知我无商贾之行之心，而释迦其衣以欺世而盗名也耶[2]？有则幸为我加诛[3]，我不护痛也。虽然，若其患得而又患失，买田宅，求风水等事，决知免矣。

【翻译】

郑子玄，是丘长孺父子常在一起作诗论文的朋友。他的文章虽然不及丘长孺父子，但品德朴实而且有知羞耻的心，不愿去讲学，也是位可喜人物，所以喜欢他。他完全没有亲身见过颜回、曾参、子思、孟轲，也没有亲身见过周敦颐、程颢、程颐、张载、朱熹，只看到今天讲周敦颐、程颢、程颐、张载、朱熹的人，以为周敦颐、程颢、程颐、张载、朱熹也确实像他们那样罢了，所以感到羞耻而不愿去讲学。不讲虽然是过错，但是使学者感到羞耻而不愿意去讲，以为周敦颐、程颢、程颐、张载、朱熹如像这样而作罢，那么今天讲周敦颐、程颢、程颐、张载、朱熹的道学家就该讨伐了。他以为周敦颐、程颢、程颐、张载、朱熹这些人都是口里讲着道德而心里想着高官，志在成

---

① 履：鞋。这里作动词用，即踩、踏的意思。 ② 释迦其衣：穿着佛教的外衣。释迦即释迦牟尼，佛教创始人。这里借指佛教。 ③ 诛：责备、惩罚。

为巨富；既然已经得到高官，成为巨富，仍然照样讲着道德，说着仁义；又跟着对人乱嚷乱叫说："我想要劝勉讽戒社会习俗。"他认为败坏社会风气的，没有能超过讲周敦颐、程颢、程颐、张载、朱熹的人了，所以更加不相信。不相信就不愿意讲。既然如此，不讲也就不是过错了。

黄生经过这里，听说他从京城北京到长芦去打秋风，又跟着长芦的长官到别处去担任新的职务。到了九江，遇见一个有权势的官僚，便舍弃了长芦的长官，跟随这个官僚转而往北，迎风冒寒，不顾年老死活。已到了麻城，见到我说："我想游览嵩山、少室山，那个官僚也想游嵩山、少室山，拉着我一起走，所以到了这里。但是那个官僚在城里等着我，在这种情况下不能在你这里住一夜了。回来的时候再经过这里，经过这里就多相聚三五天再分别，现在太仓促实在舍不得分别。"他的话是这样说的，但他的真心又是怎样的呢？我猜测他的内心实在是为了林云程那里的好油水丢不下罢了。林云程过去三次上任做官，他没有一次不去的，去了就一定满载而归，现在仍没有满足，好像饿狗想着隔日的屎一样，竟敢欺骗我说是为了游览嵩山、少室山。他用游览嵩山、少室山的名义隐藏到林云程处去打秋风的目的来使我满意；又担心林云程怀疑他是为了打秋风而再次寻找自己，再用舍不得李贽，应当再来寻访李贽为理由来使林云程满意：真是名利双收，肉体享受得到满足，名声品行得到保全。我和林云程差一点都落入他的圈套而不能够察觉，能不说他的手段太巧妙了吗！今天道学家的所作所为，和这个有什么不同呢！

从这里可以看到，今天的那些所谓圣人，其实和今天的那些所谓山人是一样的，只是有幸运有不幸运的不同罢了。幸运而能写诗，那么就自称为山人；不幸运而不能写诗，那么就不称山人而用圣人名义。幸运而能讲良知，那么就自称为圣人；不幸运而不能讲良知，那么就不称圣人而用山人名义。翻来覆去，为的是欺骗世人获取名利，名义上是山人而内心同商人一样，口里讲着道德而心里想着偷盗。名义上是山人而内心同商人一样，已经是可鄙视了，为了掩盖打秋风的目的竟然标榜是游览嵩山、少室山，以为别人是可以欺骗的，那就更加可鄙视了！今天讲道德性命之学的道学家，都是和标榜自己游览嵩山、少室山的黄生一样的人；今天患得患失，而有志于高官厚禄，美好的田宅，吉利的风水坟地，可以庇护子孙后代，都是在林云程处说是为了舍不得李贽而来的黄生一样的人。既然如此，郑子玄不愿意讲学，确实是没有什么可奇怪的了。

再说商人又有什么可以鄙视呢？带着数万资金，经历风浪波涛的危险，受到关卡上官吏的侮辱，在集市交易中忍受诟骂，辛苦劳累无法形容，所携带的很重，所得到的微不足道。然而还要和卿大夫们结交，这以后才能收到利益而避开危害，怎么能够傲慢地坐在公卿大夫之上呢！今天这些所谓山人，名义上如同商人，但实际上没有一点资本；称为山人，却不是公卿的门不踏，所以是可鄙的。尽管如此，我难道就没有这种表现吗？然而怎么知道我没有商人的行为和想法，穿着佛教的外衣用来欺瞒世人，骗取名声呢？如有的话请对我进行责备、惩罚，我不袒护短处。即使如此，像他们那样患得又患失，买田宅，求风水等事，肯定不会去做的。

复邓鼎石

本文选自《焚书》卷二。在这封信里，李贽阐发了他不信“天命”，重“人事”的朴素唯物论的思想。当时湖北麻城一带发大水，造成了严重灾荒。道学家们束手无策，散布“救荒无奇策”的谬论。李贽对此痛加驳斥，提出“世间何事不可处，何时不可救”的正确论断。这是对荀子“人定胜天”思想的继承，体现了他革新进取的精神。在揭露道学家的同时，李贽还指出救灾的办法，虽然仍是依靠封建官吏去实施，但客观上有利于生产的恢复，对人民仍有一定的好处，这是应该肯定的。邓鼎石，李贽友人，时为麻城县令。

杜甫非耒阳之贤①，则不免于大水之厄；相如非临邛②，则程郑、卓王孙辈当以粪壤视之矣③。势到逼迫时，一粒一金一青目④，便高增十倍价，理势然也，第此时此际大难为区处耳。谨谢！谨谢！

焦心劳思，虽知情不容已⑤，然亦无可如何，只得尽吾力之所能为者。闻长沙、衡、永间大熟⑥，襄、汉亦好⑦。但得官为籴本，付托得人，不拘上流下流，或麦或米，令惯籴上户各赍银两，前去出产地面籴买，流水不绝，运到水次⑧。官复定为平价，贫民来籴者，不拘银数多少，少者虽至二钱三钱亦与方便。但有银到，即流水收银给票，令其自赴水次搬取。出籴者有利则乐于趋事，而籴本自然不失；贫民来转籴者既有粮有米，有谷有

---

① 杜甫：唐代著名诗人。字子美，与李白齐名，被誉为“诗圣”。有《杜工部集》传世。耒（lěi 垒）阳之贤：指当时曾任耒阳县令的聂某。杜甫往湖南投靠亲友，中途遇大水，聂某派人送去酒肉。 ② 相如：指司马相如，西汉文学家。字长卿，有《子虚》、《上林》等赋传世。临邛（qióng 穷）：县名。今四川邛崃。这里借指当时担任临邛县令的王吉。司马相如贫贱时曾受到王吉的敬重。 ③ 程郑、卓王孙：当时临邛县的两个富豪。 ④ 青目：对人尊重的目光。 ⑤ 不容已：不能自止。 ⑥ 衡：指衡州府，治今湖南衡阳。永：指永州府，治今湖南零陵。 ⑦ 襄：指襄阳府，治今湖北襄樊。汉：指汉阳府，治今湖北汉阳。 ⑧ 水次：水边，这里指码头。

麦，亦自然不慌矣。至于给票发谷之间，简便周至，使人不阻不滞，则自有仁慈父母在①。且当此际，便一分，实受一分赐，有感戴父母，又自不同也。

仆谓在今日，其所当为，与所得为，所急急为者，不过如此。若曰“救荒无奇策”，此则俗儒之妄谈，何可听哉！世间何事不可处，何时不可救乎？尧无九年水②，以有救水之奇策也。汤无七年旱③，以有救旱之奇策也。彼谓蓄积多而备先具者，特言其豫备之一事耳④，非临时救之之策也。惟是世人无才无术，或有才术矣，又恐利害及身，百般趋避，故亦遂因循不理，安坐待毙。然虽自谓不能，而未敢遽谓人皆不能也⑤。独有一等俗儒，己所不能为者，便谓人决不能为，而又敢倡为大言曰⑥：“救荒无奇策。”呜呼！斯言出而阻天下之救荒者，必此人也。然则俗儒之为天下虐，其毒岂不甚哉！

【翻译】

杜甫要不是得到耒阳县令的帮助，就有死于水灾的

---

① 仁慈父母：这里指州、县地方官吏。旧时称州、县地方官吏为“仁慈父母”。 ② 尧无九年水：传说唐尧时连涝九年，没有成灾。 ③ 汤无七年旱：传说商汤时连旱七年，没有成灾。 ④ 豫备：事前有所准备。豫通“预”。 ⑤ 遽（jù 巨）：匆忙，断然。 ⑥ 倡：首倡，带头。

危险；司马相如要不是受到临邛县令的敬重，程郑、卓王孙等一帮富豪就会把他看作粪土。一个人临到危急时，哪怕是一粒米、一文钱、一个尊重的目光，都会感到比平时可贵十倍，道理势必这样，只因为这个时候处境太难了。对于您的接济，我非常感谢！非常感谢！

我用了很多心思，对救灾虽然知道在情理上不能不管，但也没有什么好办法，只能尽力而为。我听说长沙、衡州、永州一带丰收，襄阳、汉阳年景也不错。只要官府拿出买粮的本钱，令经常粜买的上等户各带银两，不论到江河的上游还是下游，也不论那里是产小麦还是大米，让这些得力可靠的人带着银钱，到丰收的产地去购买，川流不息地把粮食运回来，运到码头上。然后由官府定出合理的价格，贫民来买粮食，不管拿多少钱，少的哪怕是二三个钱也要给予方便。只要拿银钱来，就陆续收钱发给票据，让他们自己到码头上去搬取粮食。卖粮食的商人有利可图就乐意去做，而官府也不赔本；贫民来买能得到的粮米谷麦，自然也就不慌乱了。至于怎样做到开票买粮的手续简便周到，不发生拥挤和窝工，那自然有州、县地方官吏。在这受灾的时候，官府给老百姓一分便利，老百姓就实受一分恩赐，他们对地方官吏的感激之情，自然就非同一般了。

我以为在今天应该做的，能够做的，必须抓紧去做的，不外就是这些了。如果说“救荒无奇策”，那是庸俗儒生的胡言乱语，怎么能够听信呢！人世间有什么事情不能办理，有什么危急时刻不能解救吗？唐尧时连发九年大水没有成灾，是因为有救水灾的好办法。商汤时连旱七年也没有成灾，是因为有救旱灾的好办法。有人说要多积蓄储备及早加以预防，特别讲它事前有所准备一事，并不是临时的救急措施。只是现在这个社会上有一些人无才无术，或者虽然有才术，却又担心有害于己，遇事百般躲避，所以也就因循守旧，不进行治理，坐着等死。但是这类人虽然自己认为干不了，还不敢断然说别人也不能做。独有那些庸俗的儒生，自己不能做，便一口断定别人也绝对不行，还竟然带头大言不惭地叫嚷什么“救荒无奇策”。唉！此话一出而阻碍世人救荒的，必定是这种人。这样看来，庸俗的儒生对于国家的毒害，岂不是太严重了吗！

答友人书

本文选自《焚书》卷二。这是一封答友人的书信。李贽在信中说明人的喜怒有社会原因，他对那些欺天罔人之徒深恶痛绝，而对那些光明正大、言行一致的人，都很喜欢。全文表现了作者爱憎分明的感情。

或曰："李卓吾谓暴怒是学①，不亦异乎②！"有友答曰："卓老断不说暴怒是学，当说暴怒是性也③。"或曰："发而皆中节方是性④，岂有暴怒是性之理！"曰："怒亦是

---

① 暴怒是学：暴躁发怒是后天学来的。 ② 异：惊异、奇怪。 ③ 是性：是天性。 ④ 发：发出，引申为人的行为。节：法度。

未发中有的。”

吁吁！夫谓暴怒是性，是诬性也；谓暴怒是学，是诬学也。既不是学，又不是性，吾真不知从何处而来也，或待因缘而来乎[①]？每见世人欺天罔人之徒，便欲手刃直取其首，岂特暴哉！纵遭反噬[②]，亦所甘心，虽死不悔，暴何足云！然使其复见光明正大之夫，言行相顾之士，怒又不知向何处去，喜又不知从何处来矣。则虽谓吾暴怒可也，谓吾不迁怒亦可也。

【翻译】

有人说：“李贽认为暴躁发怒是后天学来的，岂不是很奇怪的吗？”有朋友回答说：“李贽决然不会说暴躁发怒是后天学来的，一定是说暴躁发怒是天性。”又有人说：“人的每一个行为都合乎法度这才是天性，怎么有暴躁发怒是天性的道理！”回答说：“怒气也是人的行为没有合乎法度时有的。”

唉！认为暴躁发怒是天性，是对天性的诬蔑；认为暴躁发怒是后天学来的，是对后天学习的诬蔑。既不是后来学来的，又不是天性，我真不知道它是从什么地方

---

① 因缘：佛教语。这里指暴怒来自一定的因缘。 ② 反噬(shì 逝)：反咬一口。

来的，也许是来自一定的因缘吧？每每看见世界上欺天罔人的恶徒，就想要亲自用刀割取他的首级，难道只是暴躁发怒吗！纵然被他反咬一口，也是甘心情愿，即使死了也不后悔，暴躁发怒哪里值得一谈！假如使他重新看见光明正大的正人君子，言行一致的有识之士，暴躁发怒又不知道到哪里去了，高兴喜欢又不知道从哪里来了啊！那么说我暴躁发怒可以，说我不迁怒别人也可以了。

答以女人学道为见短书

本文选自《焚书》卷二。李贽在麻城芝佛院讲学传道时，敢于和女子来往，收一些女子做弟子，有时还用通信的方式和一些女子进行道义的探讨和学问的研究。李贽向封建礼教公然挑战的“异端”行为，遭到了理学家们的污蔑和攻击，有人并直接写信给李贽，一方面进行恫吓和威胁，一方面胡说“妇人见短，不堪学道”。李贽即写了这篇文章给予回击。

在这篇文章中，李贽针对“男尊女卑”的封建说教，提出了女子和男子在才智上没有差别的进步观点，并举出历史上的事例，说明女子一样能参政治国、写诗作文。是对孔孟之道歧视妇女的反动思想的猛烈抨击。

昨闻大教，谓“妇人见短，不堪学道”。诚然哉！诚然哉！夫妇人不出阃域①，而男子则桑弧蓬矢以射四方②，见有长短，不待言也。但所谓短见者，谓所见不出闺阁之间；而远见者，则深察乎昭旷之原也。短见者只见得百年之内，或近而子孙，又近而一身而已；远见则超于形骸之外，出乎生死之表，极于百千万亿劫不可算数譬喻之域是已③。短见者只听得街谈巷议、市井小儿之语；而远见则能深畏乎大人④，不敢侮于圣言，更不惑于流俗憎爱之口也。

余窃谓欲论见之长短者当如此，不可止以妇人之见为短也。故谓人有男女则可，谓见有男女，岂可乎？谓见有长短则可，谓男子之见尽长，女人之见尽

① 阃(kūn 昆)域：阃，本义是门槛。封建社会不许妇女随便外出，故称妇女居处为阃内、阃域，即闺门之内。 ② 桑弧蓬矢以射四方：旧说男子初生，用桑木为弓，蓬梗为矢，射天地四方。比喻男子奔走四方之意。出自《礼记・内则》。③ 百千万亿劫：佛家语。佛典中说世界有成、住、坏、空四个时期，叫做“四劫”。到坏劫时，有水、火、风三灾出现，世界归于毁灭。百千万亿劫，就是经过无数次的灾难，指无法计算的长时间。 ④ 深畏乎大人：《论语・季氏》：“孔子曰：‘君子有三畏：畏天命，畏大人，畏圣人之言。’”

短，又岂可乎？设使女人其身而男子其见，乐闻正论而知俗语之不足听，乐学出世而知浮世之不足恋，则恐当世男子视之，皆当羞愧流汗，不敢出声矣。此盖孔圣人所以周流天下，欲庶几一遇而不可得者，今反视之为短见之人，不亦冤乎！冤不冤，与此人何与，但恐傍观者丑耳。自今观之，邑姜以一妇人而足九人之数，不妨其与周、召、太公之流并列为十乱①。文母以一圣女而正二南之风②，不嫌其与散宜生、太颠之辈并称为四友。彼区区者特世间法一时太平之业耳，犹然不敢以男女分别短长异视，而况学出世道，欲为释迦老佛、孔圣人朝闻夕死之人乎！此等若使闾巷小人闻之，尽当责以窥观之见，索以利女之贞③，而以文母、

---

① 十乱：《论语·泰伯》："武王曰：'予有乱臣十人。'孔子曰：'才难，不其然乎：唐虞之际，于斯为盛，有妇人焉，九人而已。'"邑姜分明是十人之一，但只因为她是妇女，孔子认为不能算作十人，只能算九人。乱，治。乱臣即"治国之臣"。乱臣十人为：周公旦、召公奭、太公望、毕公、荣公、太颠、闳夭、散宜生、南宫适、邑姜。邑姜是周武王之后。② 文母：周文王妃太姒。二南之风，指《诗经·国风》中《周南》、《召南》。③ 责以窥观之见，索以利女之贞：意谓要求女子深居户内，柔顺浅见。出自《周易·观卦》。

邑姜为以人矣[1]，岂不冤甚也哉！故凡自负远见之士，须不为大人君子所笑，而莫汲汲欲为市井小儿所喜可也。若欲为市井小儿所喜，则亦市井小儿而已矣，其为远见乎？短见乎？当自辨也。

余谓此等远见女子，正人家吉祥善瑞，非数百年积德，未易生也。夫薛涛[2]，蜀产也，元微之闻之[3]，故求使西川，与之相见。涛因走笔作《四友赞》以答其意，微之果大服。夫微之，贞元杰匠也[4]，岂易服人者哉！吁！一文才如涛者，犹能使人倾千里慕之，况持黄面老子之道以行游斯世[5]，苟得出世之人，有不心服者乎？未之有也。不闻庞公之争乎[6]？庞公，尔楚之衡阳人也，与其妇庞婆、女灵照同师马祖[7]，求出世道，卒致先后化去[8]，作出世人，为今古快事。愿公师其远见可也。若曰"待吾

---

① 以人：《诗·周颂·载芟》："侯疆侯以。"郑玄笺："以谓闲民，今时佣赁也。"以人是雇佣的人。此处"以人"，是指把文母、邑姜当作奴才的意思。有的版本作"罪人"。 ② 薛涛：唐代长安女子。因随父亲流落成都，沦为官妓。工诗。
③ 元微之：即元稹(779—831)，河南人，唐代诗人。 ④ 贞元：唐德宗李适年号(785—805)。杰匠：杰出的诗人。 ⑤ 黄面老子：指释迦牟尼。释迦现黄金色身，所以说是黄面。
⑥ 庞公：又称庞居士，名蕴，唐代中叶人，全家学佛。
⑦ 马祖：唐代江西的一个和尚，姓马，佛家称为马祖。 ⑧ 化去：人死了。

与市井小儿辈商之”，则吾不能知矣。

【翻译】

昨天听到了你的高见，说“女人见识短浅，不能学佛道”。果真如此？果真如此？妇女不出门，男子则如箭矢般的奔射四方，见识有所不同，自不必说。但所谓见识短浅，指的是见闻不超出闺阁之间；而所说的远见，是指视线能达到广阔的原野。见识短的人只能看到百年之内的事，或者近的只看到子孙，更近的只看到自己一个人而已；有远见的，则超出于身体之外，超出于生死之外，达到百千万亿次劫难不能计算和譬喻的境地。浅见的人只听到街谈巷议、市井小儿的话；而有远见的就能够敬畏高贵的人，不敢说轻侮圣人的话，更不会迷惑于世俗所爱好和厌恶的言论了。

我认为要评论见识的深浅就应当这样，不能只说女人的见识就是浅见。说人有男有女是可以的，说见识有男女之别，怎么可以呢？说见识有深浅是可以的，说男子的见识都深刻，女人的见识都短浅，又怎么可以呢？倘若是女人的形体，却有男人的见识，她乐于听到正论，知道世俗的话不值得听，乐于学习超脱俗世的佛道，知道俗世不值得留恋，那么，恐怕当今世上的男子见着她，都该羞愧流汗，不敢出声。这样的女人，正是孔圣人周游天下，希望或许会遇到而一直没有遇到的那种人物，现在反而被看作是见识短浅的人，这不太冤枉了吗！但是冤枉不冤枉，对于她本人没有什么关系，只怕旁观者觉得不像话！今天看来，邑姜以一个妇女和其他九人一起，凑满了十人的数目，不妨碍她和周公、召公、太公之流并列为周武王的十个“治国贤臣”。文母是个圣女，而使《诗经》里《周南》、《召南》归于雅正，不妨碍她和散宜生、太颠等人并称为“四友”。他们所专一追求的只是世间法度，一时太平的功业而已，还不敢按男女分别短长而加以歧视，又何况学的是超脱俗世的道理，想成为像释迦牟尼老佛和孔圣人那样早上求得真理，晚上就不惜死去的人呢！此等人物要是让里弄小巷的人听说了，便都会责备和要求她们应当像儒家经典里规定那样当个不出闺房、柔顺浅见的妇女，而把文母、邑姜都当作奴才佣人对待了，岂不是冤枉透顶了吗！所以，凡是自以为有远见的人，必须不被真正高明的人所讥笑，也不要急于求得凡夫俗子的喜欢才行。如果想得到凡夫俗子的喜欢，那你自己也就是凡夫俗子罢了。这究竟是远见呢？还是短见？自己应当分清楚。

我说此等远见女子，正是人家吉祥的好征兆，不是几百年积德，不易产生。唐代有个妇女叫薛涛，四川人。元微之听到她的名声，特地要求到四川去，和她相见。

薛涛挥笔写了篇《四友赞》，答谢他的好意。微之看了果然非常佩服。元微之是贞元年间一位杰出的诗人，难道会轻易佩服人的吗？唉！一个文才像薛涛那样的妇女，还能让人在千里之外敬慕她，何况修持佛道行游人世之间，如果遇到超脱俗世的人，还有不心服的吗？不会有的。没听说庞公的故事吗？庞公是你们楚地的衡阳人，他同他的妻子庞婆、女儿灵照一起拜马祖为师，求超脱俗世的佛道，他们终于先后化去，作了超脱俗世的人，成为流传古今、令人高兴的事。希望你学习他们的远见就是了。如果说"等我去和凡夫俗子们商量"，那就不是我能知道的了。

答陆思山

本文选自《焚书》卷二。在这封信里，李贽表达了对明代军政败坏、官吏无能无比愤慨的心情。万历二十年(1592)，宁夏副总兵发动叛乱，明政府表现得十分软弱。李贽认为当时上层统治集团中只剩下两种人：卖国贼和假道学，以致天下大事无人料理，“今日真令人益思张江陵也。”他希望朝廷起用被废弃的爱国有为之士，革新政治，图谋进取，表现了拳拳的爱国之心。陆思山，李贽友人。

承教方知西事[1]，然倭奴水寇[2]，不足为虑，盖此辈舍舟无能为也。特中原有奸者[3]，多引结之以肆其狼贪之欲，实非真奸雄也，特为高丽垂涎耳[4]。诸老素食厚禄[5]，抱负不少，卓异屡荐，自必能博此蜂虿[6]，似不必代为之虑矣。晋老此时想当抵任[7]。此老胸中甚有奇抱[8]，然亦不见有半个奇伟卓绝之士在其肺腑之间[9]，则亦比今之食禄者聪明忠信，可敬而已。舍公练熟素养[10]，置之家食[11]，吾不知天下事诚付何人料理之也！些小变态，便仓惶失措，大抵今古一局耳[12]，今日真令人益思张

① 西事：指当时的宁夏兵变。万历二十年(1592)，宁夏副总兵承恩起兵叛乱，半年后被平定。 ② 倭奴水寇：指倭寇军队。万历二十年(1592)，日本发动了侵朝战争。应朝鲜国王的请求，明政府派出军队，与朝鲜军一起击败了侵略的倭寇。 ③ 奸者：内奸，奸细。这里指明政府中主张议和妥协的投降主义者和通敌卖国的汉奸。 ④ 高丽：朝鲜。 ⑤ 诸老：指当时在朝廷当权的官僚。 ⑥ 博：同“搏”，捕捉。蜂虿(chài差)：这里比喻倭奴水寇和宁夏叛军。虿，蝎子一类的毒虫。 ⑦ 晋老：指刘东星，又名刘晋川，李贽好友。曾任湖广左布政使，时升任右佥都御史。 ⑧ 奇抱：志向远大，抱负不凡。 ⑨ 肺腑：比喻亲近信赖的人。 ⑩ 公：指陆思山。练熟素养：对政事熟悉而有修养。 ⑪ 置之家食：放在家中吃闲饭，指弃置不用。 ⑫ 一局：一个样子。

江陵也[1]。热甚，寸丝不挂，故不敢出门。

【翻译】

承蒙您告知才知道西边发生叛乱的事，然而倭寇军队并不值得忧虑，因为他们一离开船就无能为力了。只是国内有奸细，常常勾结他们，使他们贪得无厌的狼子野心得逞，这些人实在算不上什么了不起的奸雄，只不过看着朝鲜这块肥肉馋得流口水罢了。朝廷中身居要职的官僚一向享受着优厚的俸禄，又都很有抱负，才能杰出的人多次得到他们的推举任用，自认为一定能够消灭这些反叛和入侵的敌人，我们似乎不必替他们操心了。刘晋川现在想必已经到达新的任所。这个人志向远大，抱负不凡，可是他亲近信赖的人中间也找不出一个超凡出众的人物，他和现在这些做官的人比较起来，也算是聪明忠信值得尊敬的人而已。国家对您这个熟悉政事而又有修养的人弃置不用，让您居家无事，我真不知道天下大事真要交给什么人去办理了！一些细小

① 张江陵：即张居正，明代著名政治家。字叔大，号太岳，江陵（今湖北江陵）人。嘉靖进士，隆庆时入阁。万历初为首辅。执政十年间，进行一系列社会改革，推行一条鞭法，取得了积极的成果。李贽对张居正十分敬佩，称他为“宰相之杰”。

的事变，就慌张失措，大概从古到今都是一个样子，现在这个时候真叫人更加怀念张居正啊！天气太热了，没有穿什么衣服，所以不敢出门了。

何心隐论

本文选自《焚书》卷三，写于万历十六年(1588)。何心隐(1517—1579)，明代学者，泰州学派代表人物之一，颜钧(山农)的弟子。原姓梁，名汝元，字桂乾，号夫山，江西永丰县人。早年放弃科举道路，用家产在家乡组织“萃(聚)和堂”，进行社会改良的试验。这是一种乌托邦式的思想，参加的人，“冠、婚、丧、祭、赋役，一切通其有无”，对青少年进行集体教养，对老人进行集体奉养，七十岁以上就可以休息。1559年，何心隐因写信讽刺永丰县令征收额外赋税，被捕入狱。次年入北京，又因参加反对严嵩的斗争，遭严党疾视，改名何心隐，四处讲学。他肯定人的物质欲望应适当满足，反对道学家把人欲看成罪恶的说法。他的一些言行也带有“异端”的色彩，因此引起封建统治阶级的恐惧和仇视，诬他为“妖人”、“逆犯”、“奸犯”，多次通缉追捕。后得罪宰相张居正，万历五年(1577)三月被捕，辗转经浮梁、鄱阳、余干、进贤、南安等地，押解至武昌，万历七年(1579)九月初二日，被湖广巡抚王之垣杀害。

在《何心隐论》中，李贽通过正反两面的评论，充分肯定和赞扬了何心隐“以天下为家而不有其家，以群贤为命而不以田宅为命”和为了实现自己的理想“不畏死”的战斗精神。

何心隐，即梁汝元也。余不识何心隐，又何以知梁汝元哉？姑以心隐论之。

世之论心隐者，高之者有三，其不满之者亦有三。

高心隐者曰：“凡世之人，靡不自厚其生，公独不肯治生。公家世饶财者也，公独弃置不事，而直欲与一世贤圣共生于天地之间，是公之所以厚其生者，与世异也。人莫不畏死，公独不畏，而直欲博一死以成名。以为人尽死也，百忧怆心，万事瘁形，以至五内分裂，求死不得者，皆是也。人杀鬼杀，宁差别乎！且断头则死，断肠则死，孰快？百药成毒，一毒而药，孰毒？烈烈亦死，泯泯亦死，孰烈？公固审之熟矣！宜公之不畏死也。”

其又高之者曰：“公诵法孔子者也。世之法孔子者，法孔子之易法者耳。孔子之道，其难在以天下为家，而不有其家；以群贤为命，而不以田宅为命；故能为出类拔萃之人，为首出庶物之人①，为鲁国之儒一人，天下之儒一人，万世之儒一人也。公既独为其难者，则其首出于人者以是，其首见怒于人者亦以是矣，公乌得免死哉！削迹伐木，绝陈畏匡②，孔圣人之几死者亦屡，其不死者幸也。幸而不死，人必以为得正而毙矣③；不幸而死，独不曰‘仁人志士，有杀身以成仁’者乎④！死得其死，公又何辞也。然则公非畏死也。非不畏死也，任之而已矣。且夫公既如是而生矣，又安得不如是而死乎？彼谓公欲

① 首出庶物之人：超出众人的人。 ②“削迹伐木”两句：《庄子·渔父》：“孔子曰：‘丘再逐于鲁，削迹于卫，伐树于宋，围于陈蔡。’”削迹：绝迹，孔丘游卫不得志，后就绝迹不去。又孔丘在宋，与弟子习礼于大树下，宋司马桓魋欲杀之，拔其树。绝陈：在陈绝粮，见《论语·卫灵公》。畏匡：在匡地被拘囚。 ③ 得正而毙：为“正义”而死。见《礼记·檀弓》：“管子曰：‘吾得正而毙焉，斯已矣。’” ④“仁人志士”两句：语见《论语·卫灵公》。

求死以成名者，非也，死则死矣，此有何名，而公欲死之欤?”

其又高之者曰:“公独来独往，自我无前者也。然则仲尼虽圣，效之则为颦[①]，学之则为步[②]，丑妇之贱态，公不尔为也。公以为世人闻吾之为，则反以为大怪，无不欲起而杀我者，而不知孔子已先为之矣，吾故援孔子以为法，则可免入室而操戈[③]。然而贤者疑之，不贤者害之，同志终鲜，而公亦竟不幸为道以死也。夫忠孝节义，世之所以死也，以有其名也，所谓‘死有重于泰山’者是

---

① 效之则为颦(pín 频):即效颦。效，仿照。颦，皱眉。《庄子·天运》里说，美女西施因心口痛，皱着眉头，按着胸口在路上走，邻居一丑妇(后人称东施)，看了以为很好看，便学着西施样子皱眉，结果使自己更加难看。胡乱模仿，适得其反，这就是所说的“东施效颦”。 ② 学之则为步:即学步。《庄子·秋水》中说，战国时燕国有一个人到赵国首都邯郸去，看到赵国人走路姿势很美，就跟着学起来，结果不但没学好，连自己原来的走法也忘了，只好爬着回去。这是比喻没有学到别人的好处，反把自己的一点东西也丢了。 ③ 入室操戈:原指进入我的屋里，拿起我的武器来进攻我。后比喻使用对方的论点来反驳对方。语本《后汉书·郑玄传》:“任城何休好《公羊》学，遂著《公羊墨守》、《左氏膏肓》、《穀梁废疾》。玄乃‘发《墨守》，针《膏肓》，起《废疾》’。休见而叹曰:‘康成(郑玄)入吾室，操吾戈以伐我乎。’”

也①,未闻有为道而死者。道本无名,何以死为?公今已死矣!吾恐一死而遂湮灭无闻也。今观其时,武昌上下,人几数万,无一人识公者,无不知公之为冤也。方其揭榜通衢②,列公罪状,聚而观者,咸指其诬,至有嘘呼叱咤,不欲观焉者,则当日之人心可知矣。由祁门而江西③,又由江西而南安④,而湖广⑤,沿途三千余里,其不识公之面而知公之心者,三千余里皆然也。非惟得罪于张相者有所憾于张相而云然⑥,虽其深相信以为大有功于社稷者,亦犹然,以此举为非是,而咸谓杀公以媚张相者之为非人也⑦。则斯道之在人心,真如日月星辰,不可以盖覆矣。虽公之死无名可名,而人心如是,则斯道之为也,孰能遏之?然公岂诚不畏死者?时无张子房,谁为活项伯⑧?时无鲁朱家,谁为脱

---

①"死有重于泰山":语见司马迁《报任安书》。②衢(qú渠):四通八达的道路。③祁门:今安徽祁门。④南安:明南安府,今江西大余。⑤湖广:明时省名,省治在武昌,辖今湖北湖南两省。⑥张相:张居正(1525—1582),号太岳,湖广江陵人。明神宗时为宰相。⑦杀公以媚张相者:指王之垣。⑧"张子房"两句:子房,张良字,韩人,助汉高祖刘邦灭项羽,统一中国,封留侯。张良居下邳时,项伯杀人,良藏之,使得免死。事见《史记·留侯世家》。

季布[1]？吾又因是而益信谈道者之假也[2]。由今而观，彼其含怒称冤者，皆其未尝识面之夫；而坐视公之死，反从而下石者，则尽其聚徒讲学之人。然则匹夫无假，故不能掩其本心；谈道无真，故必欲刬其出类[3]，又可知矣。夫惟世无真谈道者，故公死而斯文遂丧。公之死顾不重耶？而岂直泰山之比哉！”

此三者，皆世之贤人君子，犹能与匹夫同其真者之所以高心隐也。

其病心隐者曰：“人伦有五，公舍其四[4]，而独置身于师友贤圣之间，则偏枯不可以为训；与上訚訚，与下侃侃[5]，委蛇之道也，公独危言危行，自贻厥咎，则明哲不可以保身。且夫道本人性，学贵平易，绳人以太难，则畔者必众；责人于道路，则居者不安；聚人以货财，则贪者竞

---

①“朱家”两句：朱家，鲁人，汉初游侠。季布：项羽之将，曾数次领兵对抗刘邦。项羽灭亡后，汉高祖悬赏缉拿之，布逃匿朱家处，后由朱家通过滕公游说高祖，因而得赦。事见《史记·季布传》。②谈道者：这里，李贽指责耿定向平日和何心隐有来往，却心存富贵，献媚权贵，不敢营救，是十足的假道学。③刬："铲"的异体字。④“人伦”两句：即说何心隐舍弃君臣、父子、兄弟、夫妇的四伦，独留朋友一伦。⑤“与上”两句：訚訚（yín 银）：和悦委婉。侃侃（kǎn 砍）：刚毅正直。《论语·乡党》：“朝，与下大夫言，侃侃如也；与上大夫言，訚訚如也。”

起；亡固其自取也。”此三者，又世之学者之所以为心隐病也。

吾以为此无足论矣。此不过世之庸夫俗子，衣食是耽①，身口是急，全不知道为何物，学为何事者，而敢妄肆讥诋，则又安足置之齿颊间耶！独所谓高心隐者，似亦近之，而尚不能无过焉。

然余未尝亲睹其仪容，而听其绪论，而窥所学之详，而遽以为过，抑亦未可。吾且以意论之，以俟世之万一有知公者可乎？吾谓公以见龙自居者也②，终日见而不知潜，则其势必至于亢矣，其及也宜也。然亢亦龙也，非他物比也；龙而不亢，则上九为虚位，位不可虚，则龙不容于不亢。公宜独当此一爻者，则谓公为上九之大人可也。是又余之所以论心隐也。

---

① 耽(dān 丹)：酷嗜；沉溺。 ②“见龙自居”以下一段：《周易·乾卦·爻辞》：“初九，潜龙勿用”(巨龙潜伏水中，暂不施展才用)，“九二，见龙在田，利见大人”(巨龙出现田间，利于出现大人)，“上九，亢龙有悔”(巨龙高飞穷极，终将有所悔恨)。《文言》在解释初九爻辞“潜龙勿用”时说：“龙，德隐者也。”在解释上九爻辞“亢龙有悔”时说：“贵而无位，高而无民，贤人在下位而无辅，是以动而‘有悔’也。”“初九”、“九二”、“上九”，是爻的名称。见：现。亢(kàng 抗)：过甚，极度。这里李贽是说何心隐以大人(有道德有作为的人)之德自居，不肯潜伏隐居，因而成为有所悔的巨龙。

【翻译】

何心隐,就是梁汝元。我不认识何心隐,又怎么知道梁汝元呢?就评论何心隐吧。

世间评论何心隐的人,赞扬他的有三个方面,对他不满意的也有三个方面。

赞扬何心隐的人说:"所有世上的人,没有不重视自己的生计的,何公独不肯经营生计。何公家世世代代财产富饶,何公唯独丢在一边,不从事经营,而只想和一代贤人圣哲共同生活在天地之间,这就表明何公所重视的生计,是与世间其他人不同的。人没有谁不怕死,何公一个人却不怕死,他只想通过一死来成就他的英名。他认为人都是要死的,各种忧虑使心悲怆,各种事务使形体劳累,以至于五脏俱裂,想死也死不成的人,到处都是。被人杀被鬼杀,难道有差别吗?况且断头是死,断肠也是死,哪种死痛快?上百味药配合毒死人,一味毒药也可毒死人,哪一种毒性厉害?轰轰烈烈也是死,寂然无闻也是死,哪种死壮烈?何公本来了解得很清楚啊!何公自然不怕死了。"

那些赞扬何心隐的人又说:"何公是诵读并效法孔子的人。世间效法孔子的人,都是效法孔子的很容易效法的那些东西。孔子之道,其中最难做到的在于以天下为家,而不自有其家;把众多贤才当作生存的根本,而不是把田地房屋当作生存的根本;所以孔子能够成为出类拔萃的人,成为超凡脱俗的人,成为鲁国之儒中的唯一一人,成为天下之儒中的唯一一人,成为万世之儒中的唯一一人。何公既然能独自做到那些最难做到的方面,那么他超群出众是这个原因,他特别触怒庸人也是这个原因,何公怎么能够逃脱一死呢!孔子游卫不得志,以后绝迹不往;到宋国与弟子习礼于大树之下,被桓魋追杀,把树拔掉;在陈、蔡之间被围,断绝了粮食;在匡地又被拘禁了五天,孔圣人几乎被杀死,被饿死也是很多次,他没有死算是幸运啊。幸运而没有死,人们必定认为是准备为正义而死;不幸死了,岂不就是孔子自己所说的'仁人志士,勇于牺牲来成全仁德'吗!死得其所,何公又有什么退缩呢。既然这样,那么何公是不怕死的。也不是不怕死,随其自然罢了。况且何公既然是像这样而生,又怎能不像这样而死呢!那些人说何公是想以死来成就自己的美名,是不对的,死就死罢了,这有什么美名,何公又何必为这美名而死呢?"

那些赞扬何心隐的人又说:"何公是独来独往,总是走在最前面的人。然而孔仲尼虽然是大圣人,如果盲目效法他,就会像东施效颦,丑态百出;如果跟在孔圣人后面亦步亦趋,就如同邯郸学步,不但学不像,连自己的走法也忘了。像丑妇东施这一类的卑贱作态,何公是不会这样做的。何公认为，世人听说了我的作为，而反以为非常怪异，无不想起而杀我，他们不知道孔子早已这样做了，我所以援引孔子作为楷模，就可以避免入室操戈了。但是贤明的人怀疑何公，不贤明的人陷害何公，志同道合的人终究很少，而何公也就不幸为道而死了。忠孝节义，世人之所以为之而死，因为有很好的美名，所谓‘死有比泰山还重’的就是这类情况，没有听说为道而死的人。道本来是没有什么美名的，为什么要为它而死呢？何公现在已经死了！我恐怕他一死就会湮灭无闻了。现在看来，何公受害而死的时候，武昌城上上下下，人数接近万人，没有一人是认识何公的，没有人不知道何公是冤枉的。当四通八达的要道张贴榜文，列举何公罪状的时候，汇集围观的人，都认为罪状完全是诬陷，以致有人长嘘短叹，有人大吼大喊，不愿看那罪状，那么当时的人心就很清楚了。何公由祁门押解到江西，又从江西押解到南安，又押解到湖广武昌，沿路三千多里，那些不认识何公面容但深知何公内心的人，三千多里沿途到处都是。不只是那些得罪了宰相张居正并对张居正有所怨恨的人是这样，就是那些深信自己对国家朝廷有很大功劳的人，也是这样，认为杀害何公这一举动是不对的，同时都认为杀害何公以向宰相张居正献媚的家伙不齿于人类。因此何公所殉之道已在众人心中，就好像日月星辰，光辉灿烂不可掩盖。虽然何公的死没有什么美名可以加上，但是人心都是这样，那么这道的影响，谁又能遏止呢？然而何公难道真的不怕死吗？当时没有张良这样的挚友，谁能免项伯一死？当时没有鲁人朱家这样的豪侠，谁肯赦免季布？我又因此更加相信谈道的人的虚伪。现在看来，那些为何公被害而义愤填膺、鸣冤叫屈的人，都是同何公未曾见过面的平民百姓；那些坐视不救，反而落井下石的人，却尽是聚徒讲学的人。又由此可知：平民百姓没有虚伪，所以不能掩藏他们纯正的本心；那些高谈阔论的道学家是没有什么真诚的，所以一定要铲除不与他们同类的人。就是因为世间没有真正谈道的人，所以何公死了斯文也就丧失了。何公的死还不重吗？岂止比泰山还重！”

以上这三个方面，都是世上的贤人君子，还能与平民百姓同有率直真诚的人赞扬何心隐的原因。

那些责备何心隐的人说：“人伦有君臣、父子、兄弟、夫妇、师友五个方面，何公舍弃了其中四个方面，而唯独置身在师友贤圣之间，这样就是偏颇不近人情，不足为训；同上大夫说话，和悦而委婉，同下大夫说话，刚毅而正直，这是官场中宛转敷衍之道，何公独自正言正行，自留祸患，就是深明事理的人也不能保全自己。况且道本原于人性，学问应提倡平易，用难于达到的标准来要求别人，那么背叛的人必定很多；在道路上批评人，那么住在屋子里的人也心中不安；用财物团聚人，于是贪心的人纷纷前往；死本来是何公自取的。”这三个方面，又是世间学者批评何心隐的原因。

我认为这是不值一驳的。这不过是那些世间的庸夫俗子，只迷恋衣食财物，只关心身家性命，完全不懂得道是什么东西，学问是怎么一回事的人，却竟敢肆意讥斥诋毁，这怎么值得去谈他呢！唯独那些赞扬何心隐的人，所说的话还差不多，不过还不能说没有不恰当的地方。

然而我未曾亲自见过何公的仪容，也没有当面听过他的理论，就探讨他学问的详细内容，并随即认为恰当不恰当，也许不大合适。我暂且按我个人的观点来评论他，以此来期待世间万一有了解何公的人，可以吧？我认为何公是以腾飞的巨龙自居的人，整天飞腾而不知潜伏隐藏，那么他的趋势自然一定要达到高飞穷极的程度，他达到的境界和最后的遭遇是自然的。然而高飞穷极也仍然是一条巨龙，不是其他任何东西可以相比的；巨龙而不高飞，那么上九这一爻就是空位，爻位是不能空的，那么巨龙就不能不高飞穷极了。何公应是唯独能合这一爻的人，那么说何公是合于上九爻位的有道德有作为的大人，就再也合适不过了。这就是我对何心隐的评论。

战 国 论

本文选自《焚书》卷三。在这篇文章中，李贽批判了汉代刘向、宋代曾巩以“三王之治”否定“战国之宜”，明确指出从三王五霸到战国、到秦的统一，是一个“与世推移，其道必尔”的必然发展趋势。由此出发，他充分肯定了三家分晋、田氏代齐等新兴地主阶级向奴隶主贵族的夺权斗争，并进一步说明了统一是历史发展的必然结果。这和他在《藏书》中歌颂秦始皇“混一诸侯”的功绩，称之为“千古一帝”的思想是完全一致的。

余读《战国策》而知刘子政之陋也[①]。夫春秋之后为战国，既为战国之时，则自有战国之策。盖与世推移，其道必尔。如此者非可以春秋之治治之也明矣，况三王之世欤[②]！

五霸者[③]，春秋之事也。夫五霸何以独盛于春秋也？盖是时周室既衰，天子不能操礼乐征伐之权以号令诸侯[④]，故诸侯有不令者，方伯、连帅率诸侯以讨之[⑤]，相与尊天子而协同盟，然后天下之势复合于一。此如父母卧病不能事事，群小搆争，莫可禁阻，中有贤子自为家督，遂起而身父母之任焉。是以名为兄弟，而其实则父母也。虽若侵父母之权，而实父母赖之以安，兄弟赖之以

---

①《战国策》：书名，简称《国策》，又名《短长书》。这部书是汉代刘向编定的，主要记述了战国时期谋臣策士的言论和活动。刘子政（前77—前6）：刘向，西汉经学家、目录学家。西汉宣帝、元帝、成帝时曾为谏议大夫、光禄大夫、中垒校尉。他曾校理古籍，著成《别录》。在为《战国策》所作的序中，刘向尊王贱霸，称颂周王朝"仁义之道满天下"，而鄙薄战国"道德大废，上下失序"，"诈伪并起"。②三王之世：指夏禹、商汤、周文王武王的时代。③五霸：即春秋时称霸的五个诸侯，指齐桓公、晋文公、秦穆公、宋襄公、楚庄王。④礼乐征伐之权：指制订典章制度和进行武力征讨的权力，这是王朝统治权的象征。⑤方伯：一方诸侯的首领。连帅：十国诸侯的首领。

和，左右童仆诸人赖之以立，则有劳于厥家大矣①。管仲相桓②，所谓首任其事者也③。从此五霸迭兴，更相雄长，夹辅王室，以藩屏周④。百足之虫⑤，迟迟复至二百四十余年者⑥，皆管仲之功，五霸之力也。诸侯又不能为五霸之事者，于是有志在吞周，心图混一，如齐宣之所欲为者焉⑦。晋氏为三⑧，吕氏为田⑨，诸侯亦莫之正也。则安得不遂为战国而致谋臣策士于千里之外哉！其势

① 厥：其，这个。 ② 管仲相桓：管仲（？—前645），名夷吾，春秋初期杰出政治家，为齐相，辅助齐桓公（前686—前643年在位）改革内政，并帮助他以“尊王攘夷”为口号，多次大会诸侯，订立盟约，成为春秋时第一个霸主。 ③ 首任其事：第一个承担这件事。指上文“相与尊天子而协同盟”。也就是首先辅佐齐桓公称霸。 ④ 藩屏：作屏障。藩：篱笆。屏：屏风。 ⑤ 百足之虫：俗语：“百足之虫，死而不僵。”指周王朝虽已衰落，但仍延续了很长时间。 ⑥ 二百四十余年：以《春秋》一书记事的起止年代计算，正好是二百四十一年（前722—前481）。 ⑦ 齐宣：即战国时齐国国君齐宣王，姓田，名辟疆，公元前320—前301年在位。他在和孟轲的一次谈话中，流露出他的“大欲”是要吞并周室，统一天下。 ⑧ 晋氏为三：公元前453年晋国的卿大夫把晋国分为赵、韩、魏三国。公元前403年周威烈王承认三家为诸侯。 ⑨ 吕氏为田：齐国本是周初吕尚的封地。公元前481年，齐国大臣田成子杀死齐简公，夺取了齐国的政权。公元前386年，周安王承认田氏为诸侯。

不至混一，故不止矣①。

刘子政当西汉之末造，感王室之将毁，徒知羡三王之盛，而不知战国之宜，其见固已左矣。彼鲍、吴者生于宋、元之季②，闻见塞胸，仁义盈耳，区区褒贬，何足齿及！乃曾子固自负不少者也③，咸谓其文章本于《六经》矣④，乃讥向自信之不笃⑤，邪说之当正，则亦不知《六经》为何物，而但窃褒贬以绳世⑥，则其视鲍与吴亦鲁、卫之

---

① 故：一本作“固”，固然，亦通。 ② 鲍：鲍彪，宋代学者，曾校注《战国策》。他认为《战国策》的内容“皆有合先王之道”，可以“翊(辅助)教化”(见其《战国策序》)。吴：吴师道，元代学者，他曾重校《战国策》。他在《战国策校注序》中反对鲍彪的看法，认为《战国策》中，有很多内容是“悖义害正之甚者”，是违背孔孟之道的。 ③ 曾子固：曾巩(1019—1083)，字子固，宋代学者，著有《元丰类稿》。 ④ 六经：指儒家经典《诗》、《书》、《礼》、《乐》、《易》、《春秋》。 ⑤ 乃讥向自信之不笃：刘向认为战国谋臣策士的言论和活动，虽然不合先王之道，但是从当时国君的实际需要出发的，不得不那样做。曾巩攻击刘向这种说法是“惑于流俗而不笃于自信”(《战国策目录序》)，也就是说，被流俗的见解所迷惑，不能坚持自己尊王贱霸的观点和见解。 ⑥ 窃褒贬：指窃取《春秋》褒“王道”、贬“霸道”的滥调。

人矣①。

【翻译】

我阅读了《战国策》就知道刘子政浅薄无知。春秋之后就是战国，已经是战国了，就自然有战国时期的治道谋略。因为随着时代的发展而变化，其道理必然如此。像这样就显然不能用春秋时期治理国家的措施、办法，来治理战国时期的政治，何况夏禹、商汤、周文王武王更古的时代呢！

齐桓公、晋文公等五个诸侯先后称霸，是春秋时期的事。五霸为什么唯独在春秋时期强盛呢？因为当时周王室已经衰弱，天子不能掌握政治军事大权，来指挥诸侯各国，所以诸侯当中有不服从王室命令的国家，诸侯当中的大小首领方伯、连帅，就率领诸侯当中的其他国家去讨伐它，一起尊奉周天子，使诸侯同盟协调一致，然后天下的形势又趋于联合统一。这好比父母患病在床，不能做事，儿女辈互相争斗，没有谁能够禁止，这时其中有一个贤能的儿子自告奋勇担任家庭的主持者，于

① "则其"句：那么拿他跟鲍彪和吴师道相比，也没有什么差别。鲁、卫：《论语·子路》："鲁、卫之政，兄弟也。"意谓鲁国的政治和卫国的政治，像兄弟一般相差不远。

是代行父母的权力。因此他在名义上是其他人的兄弟，但实际上却像他们的父母一样。虽然似乎侵夺了父母的权力，但实际上，父母依靠他得到了安宁，兄弟依靠他而能够和睦，左右僮仆等人依靠他而能各安其位，各执其事，因此他对这个家庭的功劳很大啊。管仲辅佐齐桓公称霸，就是第一个承担这种事的人。从此，五霸一个接一个地兴起，互相接替着称霸，拱卫辅佐周王室，率领诸侯作周王朝的屏障。如俗话所说："百足之虫，死而不僵。"周王朝仍能延续到二百四十多年，这都是管仲的功劳，五霸的业绩啊。诸侯当中又有不能像春秋五霸那样建立霸业的，于是就一心想吞并周室，统一天下，如战国时齐宣王想要做的那样。晋国的卿大夫把晋国分为赵、韩、魏三国，吕氏的齐国也被田氏所取代，诸侯中也没有谁能纠正这种事情。那么怎能不演变为战国的局面，而纷纷招纳谋臣策士于千里之外呢！其发展趋势是不到全国统一时，一定不会终止。

刘子政处于西汉末期，痛感王室即将毁灭，只晓得羡慕禹、汤、文、武往古的盛世，而不懂得战国的时宜，他的见解本来已经乖僻。那鲍彪、吴师道两人生于宋末和元末，胸中充塞着儒家教条，两耳听到的都是仁义之道，他们对《战国策》微不足道的褒贬，不值得一提。而曾子固倒是很自负，声称自己的文章都是本于儒家《六经》，反而讥刺刘向被流俗的见解所迷惑，不能坚持自己尊王贱霸的观点，邪说应当纠正，他也不知道《六经》为何物，而只会窃取《春秋》褒“王道”、贬“霸道”的滥调来衡量世人，那么拿他跟鲍彪和吴师道相比，也就没有什么差别。

杂　说

本文选自《焚书》卷三。李贽在文学上也猛烈攻击封建传统道德，主张文学要写"真心"、"真人"、"真事"，他热烈推崇《西厢记》、《水浒传》等为"天地间之至文"，并亲自评点《水浒传》、《西厢记》、《琵琶记》等小说、戏剧作品。他的思想大胆解放，文笔犀利深刻，对后来以袁宗道、袁宏道、袁中道为代表的"公安派"文学有直接的巨大的影响。《杂说》这篇文章，极力称赞《拜月》《西厢》是天地造化之工，有天然之美，无雕琢的痕迹，而《琵琶记》则是人为的工巧，刻意雕琢的痕迹显著。

李贽在这篇文章的结尾还提出了"小中见大，大中见小"的观点，这已经接触到文学艺术反映生活的辩证法。

《拜月》、《西厢》①，化工也②；《琵琶》③，画工也。夫所谓画工者，以其能夺天地之化工，而其孰知天地之无工乎？今夫天之所生，地之所长，百卉具在，人见而爱之矣，至觅其工，了不可得，岂其智固不能得之欤！要知造化无工，虽有神圣，亦不能识化工之所在，而其谁能得之？由此观之，画工虽巧，已落二义矣④。文章之事，寸心千古⑤，可悲也夫！

且吾闻之：追风逐电之足，决不在于牝牡骊黄之间⑥；声应气求之夫⑦，决不在于寻行数墨之士；风行水

---

①《拜月》：《拜月亭记》。有关汉卿的《闺怨佳人拜月亭》和元末施惠的南戏《拜月亭记》。《西厢》：即元著名杂剧《西厢记》，王实甫作。 ② 化工：天地造化之工。原指天地自然化育万物的奇巧奥妙，此处用以称赞《拜月亭》、《西厢记》抒情写物浑涵自然，毫无雕琢痕迹。 ③《琵琶》：即《琵琶记》，元末著名的南戏剧本，高明作。 ④ 二义：即第二义，佛家语，佛教以无上至深的妙理为第一义，落第二义，即不算最好了。 ⑤ 寸心千古：杜甫诗《偶题》："文章千古事，得失寸心知。" ⑥ 牝（pìn 聘）牡骊黄：据《列子·说符》：秦穆公使九方皋相马，皋只注意了马的内在精神，而忘了它的外形，本来是"牡而骊"（黑色的公马），他却说成是"牝而黄"（黄色的母马）。此处言相骏马不重其外表形态。 ⑦ 声应气求：《易·乾·文言》："同声相应，同气相求。"指意气相投。

上之文[1]，决不在一字一句之奇。若夫结构之密，偶对之切；依于理道，合乎法度；首尾相应，虚实相生：种种禅病皆所以语文[2]，而皆不可以语于天下之至文也。杂剧院本[3]，游戏之上乘也[4]，《西厢》、《拜月》，何工之有！其工莫工于《琵琶》矣。彼高生者[5]，固已殚其力之所能工[6]，而竭吾才于既竭。惟作者穷巧极工，不遗余力，是故语尽而意亦尽，词竭而味索然亦随以竭。吾尝揽《琵琶》而弹之矣[7]：一弹而叹，再弹而怨，三弹而向之怨叹无复存者。此其故何耶？岂其似真非真，所以入人心者不深耶！盖其工巧之极，其气力限量只可达于皮肤骨血之间，则其感人仅仅如是，何足怪哉！《西厢》、《拜月》，乃不如是。意者宇宙之内，本自有如此可喜之人，如化工之于物，其工巧自不可思议尔。

且夫世之真能文者，比其初皆非有意于为文也。其

---

① 风行水上之文：《易·涣·象辞》："风行水上，涣。"指文章妙臻自然，如风行水上，涣然成文。 ② 禅病：佛教用语。指种种妄念。此处指写文章的清规戒律。 ③ 杂剧：指元代的戏曲。院本：金、元时行院演剧所用脚本。 ④ 上乘（shèng剩）：即大乘佛教。大乘佛教以"普度一切众生"为标榜，故自称"上乘"。引申指上等、上品。 ⑤ 高生：指《琵琶记》作者高明，字则诚。 ⑥ 殚（dān丹）：尽。 ⑦ 弹：指弹唱《琵琶记》的唱词。

胸中有如许无状可怪之事，其喉间有如许欲吐而不敢吐之物，其口头又时时有许多欲语而莫可所以告诸之处，蓄极积久，势不能遏。一旦见景生情，触目兴叹；夺他人之酒杯，浇自己之垒块①；诉心中之不平，感数奇于千载②。既已喷玉唾珠③，昭回云汉，为章于天矣④，遂亦自负，发狂大叫，流涕恸哭，不能自止。宁使见者闻者切齿咬牙，欲杀欲割，而终不忍藏于名山，投之水火。余览斯记，想见其为人，当其时必有不大得意于君臣朋友之间者，故借夫妇离合因缘以发其端。于是焉喜佳人之难得，羡张生之奇遇，比云雨之翻复，叹今人之如土⑤。其尤可笑者：小小风流一事耳，至比之张旭、张颠、羲之、献

---

① 夺他人之酒杯，浇自己之垒块：垒块，谓心中郁积的不平之气。《世说新语·任诞》："阮籍胸中垒块，故须酒浇之。"此谓借叙述他人之事，而抒发自己心中的不平。 ② 数奇（jī 机）：命运不好。 ③ 喷玉唾珠：李白诗："咳唾落九天，随风生珠玉。"意为所吐露出来的文词如珠玉般的美好。 ④ 昭回云汉，为章于天：《诗·大雅·云汉》："倬彼云汉，昭回于天。"又《诗·大雅·棫朴》："倬彼云汉，为章于天。"昭，光。回，转。云汉，银河。章，光彩。喻写出的文章异彩焕发。 ⑤ "比云雨"两句：杜甫《贫交行》："翻手作云复手雨，纷纷轻薄何须数。君不见管鲍贫时交，此道今人弃如土！"这诗是感叹世人反复无常，不重友谊而重金钱和地位。此处即用此意。

之而又过之①。尧夫云②："唐虞揖让三杯酒，汤武征诛一局棋。"夫征诛揖让何等也，而以一杯一局觑之③，至渺小矣。

呜呼！今古豪杰，大抵皆然。小中见大，大中见小，举一毛端建宝王刹，坐微尘里转大法轮④。此自至理，非干戏论。倘尔不信，中庭月下，木落秋空，寂寞书斋，独自无赖，试取《琴心》一弹再鼓⑤，其无尽藏不可思议⑥，工巧固可思也。呜呼！若彼作者，吾安能见之欤！

【翻译】

《拜月亭记》、《西厢记》这两部剧作，如同天地造化之工；《琵琶记》如同人工刻画之工。所谓人工刻画，因

---

① "比之张旭"句：《西厢记》第五本第二折：张生收到莺莺寄书，有"这的堪为字史，当为款识，有柳骨颜筋，张旭张颠，羲之献之，此一时，彼一时，俺莺莺世间无二"之语。张旭，唐书法家，每大醉狂呼而书，时称张颠。王羲之及其子献之，同为晋代著名书法家。 ② 尧夫：邵雍（1012—1077），字尧夫，宋道学家。这里引他的两句诗，用其大中见小的意思。 ③ 觑（qù 去）：细看，看。 ④ "小中见大"四句：出自《楞严经》。宝王刹（chà 诧）：佛寺。法轮：佛家语，指佛家的道法。佛转运法轮，普度众生。后两句都是小中见大的意思。 ⑤《琴心》：指《西厢记》第二本第二折《听琴》。 ⑥ 无尽藏：佛家语，即无穷尽的意思。

为他只能模仿天地造化之工,他哪里知道天地化育万物是自然形成、根本不需雕琢呢?我们看那天所滋生、地所培育的万物,草木花卉样样都有,人们见了都喜爱它们,至于要寻找大自然创造它们的雕琢痕迹,根本不能得到,这难道是因为人们的智慧本来就得不到造化之功吗?要知道天地化育万物根本不显出任何雕琢的痕迹,即使是神仙圣贤,也不能认识了解天地自然化育万物的奇巧奥妙所在的地方,那谁又能够得到它呢?由此看来,人工刻画虽然精巧,也已经落在第二等了。文章之事留存千古,它的得失只有作者内心最清楚。可悲啊!

况且我听说过:要得到追风逐电的骏马,相马时不能只分辨雌雄黑黄;意气相投的人,决不是那些寻章摘句的迂夫子;如风行水上,生动、自然的文章,决不追求一字一句的奇妙。至于结构的严密,对仗的工巧;遵循常理,合于法度;首尾相应,有虚有实,种种清规戒律都可以拿来评论一般的文章,但是却不能拿来评论天下最好的文章。金元戏剧作品,是嬉笑娱乐的上品,其中如《西厢记》、《拜月亭记》,有什么用力于写作技巧的地方呢!要说工巧没有哪个作品比《琵琶记》更工巧的了。剧作者高生,固然已尽其力量极意追求工巧,又尽其才能而至于枯竭。恰恰因为作者穷巧极工,不遗余力,所以语句完了随即文意也完了,言词枯竭随之兴味索然也至于枯竭。我曾经弹唱《琵琶记》的唱词:第一次弹唱便悲叹,第二次弹唱便哀怨,第三次弹唱便连以前哀怨悲叹的感情都没有了。这是什么原因呢?难道不是因为《琵琶记》好像真实,但并不真实,能够深入人心、感人肺腑之处不多吗?虽然《琵琶记》语言文字的工巧达到了极点,但是作品的气度力量充其量只能达到皮肤骨肉之间,那么它的感人仅仅如此,又有什么值得奇怪的呢!《西厢记》、《拜月亭记》却不像这样。我想宇宙间,本来就有像《西厢记》、《拜月亭记》之中如此可喜的人物,如同物之有天然之美,它的工巧是不可思议的。

况且世上真能写文章的人,在开始的时候都并不是有意要写文章的。他的胸中有如此千奇百怪的事情,他的喉头有如此想吐出但又不敢吐出的东西,他的嘴边有如此多想诉说的话,但又没有可以诉说的地方,积蓄了很长时间,必然不可遏止。一旦看到的景物触动了自己的思想感情,引起感叹,便借他人的酒杯,浇自己的块垒,诉说心中的不平,慨叹千百年来皆命运不济。既已吐露出珠玉般美好的言词,光照云天,成为天上的文采,于是自鸣得意,发狂大叫,流涕痛哭,不能自止。宁可让读了它的人、听了它的人痛恨得咬牙切齿,要砍杀也罢,要宰割也罢,作者也终究不愿把它隐藏于深山、投弃于水火之中。我阅读品味《西厢记》,想象作者的生平为人，当时在君臣朋友之间，一定有许多非常不满意的事情，所以借夫妇悲欢离合为因由来开个头。于剧中便欣喜莺莺这绝色佳人三生难得，羡慕张生会莺莺是千古奇遇；以翻手为云，覆手为雨，反复无常为比拟，叹今人卑贱如土。其中特别可笑的是：小小的儿女风流之事，竟然和放达不羁的著名书法家张旭、王羲之、王献之相比，并认为超过他们。邵尧夫有两句诗说："尧舜禅让天下，如同敬人三杯酒；商汤灭夏桀，周文王、武王讨伐商纣王，好像下完了一盘棋。"讨伐、禅让是何等大的事啊，却当作一杯酒、一盘棋来看待，是非常渺小了。

唉！古今才能出众的人，大致都是这样。小中见大，大中见小，在毫毛的一端可以建立一座佛寺；坐在一粒微尘里，也可以运转"大法轮"。这是真理，不是戏言。倘若你不相信，就在某一个晚上，庭院中，月光下树叶在秋风中纷纷飘落，书斋中寂寞凄清，孤独无聊，试取《西厢记》中的《听琴》一折弹唱一遍两遍，其中无穷无尽的情味是想象不出表达不尽的，但是它的工巧却是可以体会的。唉！像这样的作者，我哪里能见到他啊！

童　心　说

本文选自《焚书》卷三。在明代思想和文学领域里，李贽是开启一代新思想和文学新风的主将。《童心说》是表现其进步思想的代表作。

李贽提出的“童心”就是真心，就是不受“道理闻见”影响、出于人的自然本性的真情实感。强调“童心”，就是要把人欲从封建理学教条的束缚中解放出来，具有一定的人本主义的色彩。从文学上来说，“童心”也成了判断文学作品的真假高低的出发点，确立了一个文学批评的全新的标准。根据这个标准，李贽否定了一切“明道”、“载道”维护封建教义的正统文学，“诗何必古、选？文何必先秦？”按照这个标准，李贽肯定了《西厢记》、《水浒传》等具有反封建意义的进步文学作品，打破了以诗、古文为文学正宗的传统观念，提高了唐宋以来的小说、戏剧等通俗文学的地位。但是，《童心说》的哲学基础是唯心主义的，它的一些观点，具有一定的局限性。

龙洞山农叙《西厢》[①]，末语云："知者勿谓我尚有童心可也。"夫童心者，真心也。若以童心为不可，是以真心为不可也。夫童心者，绝假纯真，最初一念之本心也。若失却童心，便失却真心；失却真心，便失却真人。人而非真，全不复有初矣。

童子者，人之初也；童心者，心之初也。夫心之初曷可失也[②]！然童心胡然而遽失也[③]？盖方其始也，有闻见从耳目而入，而以为主于其内，而童心失；其长也，有道理从闻见而入，而以为主于其内，而童心失；其久也，道理闻见，日以益多，则所知所觉日以益广，于是焉又知

① 龙洞山农：颜钧，字山农，明代泰州学派代表人物之一，江西吉安人，出身劳动人民，学于王艮。何心隐之师。主张"率性而行，纯任自然"，反对一切传统的"道理格式"，后受统治者的迫害而下狱。 ② 曷（hé 河）：疑问词，同"何"。
③ 遽（jù 巨）：急速。

美名之可好也，而务欲以扬之，而童心失；知不美之名之可丑也，而务欲以掩之，而童心失。夫道理闻见，皆自多读书识义理而来也。古之圣人，曷尝不读书哉？然纵不读书，童心固自在也；纵多读书，亦以护此童心而使之勿失焉耳，非若学者反以多读书识义理而反障之也。

夫学者既以多读书识义理障其童心矣，圣人又何用多著书立言以障学人为耶？童心既障，于是发而为言语，则言语不由衷；见而为政事，则政事无根柢；著而为文辞，则文辞不能达。非内含以章美也[①]，非笃实生辉光也[②]，欲求一句有德之言[③]，卒不可得。所以者何？以童心既障，而以从外入者闻见道理为之心也。

夫既以闻见道理为心矣，则所言者皆闻见道理之言，非童心自出之言也；言虽工，于我何与？岂非以假人言假言，而事假事、文假文乎？盖其人既假，则无所不假矣。由是而以假言与假人言，则假人喜；以假事与假人道，则假人喜；以假文与假人谈，则假人喜。无所不假，则无所

---

① 内含以章美：《周易·坤卦·爻辞》："含章可贞"条注："含美而可正者也。" ② 笃实生辉光：语出《孟子·尽心下》："充实之谓美，充实而有光辉之谓大。"笃实：忠实，与充实意同。 ③ 有德之言：《论语·宪问》："有德者必有言，有言者不必有德。"

不喜，满场是假，矮人何辩也[1]！然则虽有天下之至文，其湮灭于假人而不尽见于后世者，又岂少哉！何也？天下之至文，未有不出于童心焉者也。苟童心常存，则道理不行，闻见不立。无时不文，无人不文，无一样创制体格文字而非文者。诗何必古、选[2]？文何必先秦？降而为六朝[3]，变而为近体[4]，又变而为传奇[5]，变而为院本，为杂剧，为《西厢曲》[6]，为《水浒传》[7]，为今之举子业[8]，大贤言圣人之道皆古今至文，不可得而时势先后论也。故吾因是而有感于童心者之自文也，更说甚么《六经》[9]，更说

---

① 矮人：李贽讥笑己无所知，而人云亦云者为矮子观场（看戏），随人说姘（美好）。辩，通“辨”。 ② 古、选：古诗和选体诗。梁朝萧统编《文选》，所选诗偏重于对偶声律辞藻，称为选体；古、选主要是风格上的分别，侧重内容的称古体，侧重形式的称选体。 ③ 六朝：《文选》中所选诗，已包括六朝诗的一部分。这里指的六朝，是吴、东晋、宋、齐、梁、陈六朝淫靡的宫体诗，比《文选》中所选的，风格更为卑下。 ④ 近体：指唐代成熟的律诗、绝句等近体诗。 ⑤ 传奇：指唐宋传奇，即唐宋的短篇小说。 ⑥《西厢曲》：即《西厢记》，元王实甫著，是五个杂剧的集合体，是较长的元曲，是杂剧的发展。 ⑦《水浒传》：章回体长篇小说，相传元施耐庵为最后成书者。 ⑧ 举子业：举子，科举时代被举应试的士子。自明代以来，称用八股文考试为举子业。 ⑨《六经》：《诗》、《书》、《礼》、《易》、《乐》、《春秋》六部儒家经典。

甚么《语》、《孟》乎①？

夫《六经》、《语》、《孟》，非其史官过为褒崇之词，则其臣子极为赞美之语；又不然，则其迂阔门徒、懵懂弟子②，记忆师说，有头无尾，得后遗前，随其所见，笔之于书，后学不察，便谓出自圣人之口也，决定目之为经矣，孰知其大半非圣人之言乎！纵出自圣人，要亦有为而发，不过因病发药，随时处方，以救此一等懵懂弟子，迂阔门徒云耳。药医假病，方难定执，是岂可遽以为万世之至论乎？然则《六经》、《语》、《孟》，乃道学之口实，假人之渊薮也③，断断乎其不可以语于童心之言明矣。呜呼！吾又安得真正大圣人童心未曾失者而与之一言文哉！

【翻译】

龙洞颜山农为《西厢记》作叙的末尾说："了解我的人不说我还有童心就行了。"童心，就是真心；如果认为童心是不能有的，就是认为真心是不能有的了。童心，

---

①《语》、《孟》：即《论语》、《孟子》。宋代以《孟子》升经，与《论语》一起，另外《礼记》中的《大学》、《中庸》篇，合称为"四书"，后成为封建王朝科举取士的标准书。统治者用它们来束缚人们的思想。 ②懵(měng 猛)懂：糊涂。 ③渊薮(sǒu 叟)：鱼和兽聚居之处，比喻人物聚集之所。

没有一点儿假，有完完全全的真，是人在未接受外来影响之前的最初的自然淳朴的思想感情。如果失去了童心，便是失去了真心；失去了真心，便是失去了真人。一个人不是真人，那么人的最初的自然淳朴状态就完全消失了。

童子，是人的最初的自然淳朴状态；童心，是心灵的最初的自然淳朴状态。心灵的最初的自然淳朴状态，怎么能够失去呢？然而童心又怎样就失去了呢？当开始的时候，有听到的、见到的从耳朵、眼睛不断进入，占据了人的内心世界，童心开始失去。长大后有道理通过耳闻目见不断进入，占据了人的内心世界，童心进一步失去。时间久了，道理和耳闻目见日益增多，知道的事物、懂得的现象日益宽广，于是就知道美名值得追求，而力求显身扬名，童心迅速失去；又知道不美之名是可丑的，便力求隐瞒遮掩，童心完全失去。道理闻见，大都从多读书、多识义理而来。古代的圣人，何尝不读书呢？然而即使不读书，童心本来自然存在；即使多读书，也是为了保护这童心而让它不至于失去，不是像道学家们那样，反而因为多读书、多识义理而蒙蔽了童心。

道学家们既然因为多读书、多识义理而蒙蔽了自己的童心，圣人又为什么要多著书立言来蒙蔽学人呢？童心既已蒙蔽，于是开口言谈议论，言谈议论就不出自内心；表现在政事上，政事就没有根基；撰述为文辞，文辞就不能表达真情实感。不是由内在的真情表现出美，不是由诚实的本性而产生光辉，这样的人想说出一句有德者那样的名言，最终不能办到。原因是什么呢？因为童心既已障蔽，而以从外界进入的闻见道理为心。

既然以从外界进入的闻见道理为心，那么所说的都是闻见道理之言，并不是出自真心之言了。这样的言论虽然美妙，于我何干！岂不是假人说假话，做假事、写假文吗？这样的人既然虚假，那么就没有什么不假了。因此，用假话和假人交谈，假人就喜欢；用假事和假人议论，假人就喜欢；用假文和假人谈论，假人就喜欢。无所不假，也就无所不喜。好比矮子看戏，随人说好，矮子怎能分辨？因此，即使有发自童心的天下最好的作品，其中被假人湮没毁灭而不能在后世完全见到的，又还少吗？为什么呢？天下最好的作品，没有不是出自童心的啊。只要童心长存，那么障蔽童心的道理闻见就都不能发生作用。只要出自童心，任何时候、任何人都可作文，任何创制的体裁文字都是文。诗何必一定要古体诗、选体诗？文何必要推崇先秦？往下为六朝淫靡的宫体诗，演变为唐代的律诗、绝句，又发展为唐宋传奇，发展为金代院本、元代杂剧，为《西厢记》，为《水浒传》，为今天科举应试的八股文；都是古今最好的作品，是不能够按时势的先后来评论的。所以由此我有深刻的感触，只要是出自童心，就能够自然成文，还要谈什么儒家《六经》，还要谈什么《论语》、《孟子》呢？

《六经》、《论语》、《孟子》中所记载的，不是史官过分褒扬尊崇之词，就是臣子极为称赞颂美之语；要不然，就是那些迂腐不切实际的门徒，糊涂无知的弟子，回忆老师的言论，或者有头无尾，或者有尾无头，按他们自己的意见，记录在书本上面。后代学人不考察，便说是出自圣人之口，断然把它看作是经典，哪里知道其中大半并不是圣人之言呢？纵然是出自圣人之口，总体上也是有所为而发，不过是照病发药，随时开列处方，用来救治这一等糊涂无知的弟子、迂腐不切实际的门徒罢了。开药医治各种各样的假病，药方不能固定不变，《六经》、《论语》、《孟子》怎么可以竟作为千秋万世至高无上的经典呢？既然这样，那么《六经》、《论语》、《孟子》等儒家经典实际上是道学家骗人的借口，是产生假人的根源，其中绝对没有什么童心之言可谈，这是显而易见的。唉！我又哪里能够见到童心还没有失去的真正大圣人，同他谈论谈论文章之事呢！

四勿说

本文选自《焚书》卷三。“四勿”，即“非礼勿视，非礼勿听，非礼勿言，非礼勿动”，是千百年来封建统治阶级用封建礼教对人们的沉重束缚，是套在人们身上的精神枷锁。在这篇短文中，李贽对四勿给予了全新的注解，而且把自己的解释叫作真正的“四勿”，而斥曾、孟、濂、洛之徒所确守的“四勿”为伪学，是“多见其不自量”。全文以其人之道还治其人之身，通过对四勿的阐释，向封建礼教进行猛烈冲击。

人所同者谓礼，我所独者谓己。学者多执一己定见，而不能不同于俗，是以入于非礼也。非礼之礼，大人勿为；真已无已，有已即克。此颜子之四勿也[①]。是四勿也，即四绝也，即四无也，即四不也。四绝者[②]，绝意、绝必、绝固、绝我是也。四无者[③]，无适、无莫、无可、无不可是也。四不者，《中庸》卒章所谓不见、不动、不言、不显是也[④]。颜子得之而不迁不贰[⑤]，则即勿而不；由之而勿

① 颜子之四勿：据《论语·颜渊篇》记载，颜渊向孔子问仁，孔子的回答是："克己复礼为仁。""颜渊曰：'请问其目。'子曰：'非礼勿视，非礼勿听，非礼勿言，非礼勿动。'"颜子，即颜回，字子渊、渊。孔子弟子。后世儒家尊为"复圣"。

② 四绝：即《论语·子罕篇》所言："子绝四：毋意、毋必、毋固、毋我。"

③ 四无：即无適（dí 敌）、无莫、无可、无不可。都是孔子的话，见《论语》之《里仁篇》、《微子篇》。适，固定不变。莫，不肯。

④《中庸》卒章：《中庸》第三十三章中说："君子之所不可及者，其唯人之所不见乎？"（别人不可赶上君子的原因，大概在别人看不见的地方也严格要求自己。）又说："君子不动而敬，不言而信。"（君子虽无动作，也很恭敬；虽无言谈，也很诚实。）又说："《诗》曰：'不显惟德，百辟其刑之。'是故君子笃恭而天下平。"（《诗经》上说："上天的德性岂不显明，凡百诸侯都要效行。"因此君子忠厚谦恭，天下也就太平。）《中庸》：原是《礼记》中的一篇，司马迁、郑玄、朱熹等人都认为是孔子之孙子思所作。宋朱熹将《大学》、《中庸》、《论语》、《孟子》汇编在一起，并加注释，名为《四书集注》。元代明令以《四书集注》考试士子，自此迄至清末，沿习不变。

⑤ 不迁不贰：《论语·雍也篇》中孔子赞扬："有颜回者好学，不迁怒，不贰过。不幸短命死矣，今也则亡，未闻好学者也。"

视勿听，则即不而勿。此千古绝学，惟颜子足以当之。颜子没而其学遂亡，故曰“未闻好学者”。虽曾子、孟子亦已不能得乎此矣[①]，况濂、洛诸君子乎[②]！未至乎此而轻谈四勿，多见其不知量也，聊且博为注解，以质正诸君何如？

盖由中而出者谓之礼，由外而入者谓之非礼；从天降者谓之礼，从人得者谓之非礼；由不学、不虑、不思、不勉、不识、不知而至者谓之礼，由耳目闻见、心思测度、前言往行、仿佛比拟而至者谓之非礼。语言道断，心行路绝，无蹊径可寻，无涂辙可由，无藩卫可守，无界量可限，无扃钥可启[③]，则于四勿也当不言而喻矣。未至乎此而轻谈四勿，是以圣人谓之曰：“不好学。”

---

① 曾子（前505—前436）：名参，字子舆。孔子弟子。相传著有《大学》，孔子之道赖之以传。后封建统治者尊之为宗圣。孟子（约前372—前289），名轲，字子舆。受业于子思之门人，发挥子思学说，形成思孟学派。被认为是孔子学说的继承者，有“亚圣”之称。著作有《孟子》。 ② 濂：濂学。理学的一派。以北宋周敦颐为首的学派。因其原居道州营道（今湖南道县）濂溪，故名。代表人物还有程珦、胡宿、周文敏等。洛：洛学。理学的一派。北宋程颢、程颐创于洛阳，故名。代表人物还有谢良佐、杨时、游酢等。 ③ 扃（jiōng 坰）：门窗箱柜上的插关，可以加锁。

【翻译】

人们所共同遵循的叫做“礼”，我个人所特有的叫做“己”。学者们大多偏执自己一个人的一孔之见，而不能随同流俗，因此陷入非礼的境地。非礼的那种礼，大人不会去遵守、实践的；真正的自我是没有自我的欲望和要求的，有自我的欲望和要求就要克制，这就是《论语·颜渊篇》所说的“四不要”。这“四不要”，也就是“四绝不”，就是“四没有”，也就是“四不”。“四绝不”，就是绝不凭空猜想、绝不事先作肯定判断、绝不固执、绝不自以为是。“四没有”，就是没有确定要怎么样，也没有确定不要怎么样，没有什么可以，也没有什么不可以。“四不”，就是《中庸》最后一章所说的，君子在别人看不见的地方也能严格要求自己；不走动，也很恭敬；不言谈，也很诚实；就像上天的德性岂不显明，凡百诸侯都要效行。颜渊能够做到这些方面，所以能不拿别人出气，也不重犯同样的过失。这就是由“四不要”进而到“四不”。由此不合礼的事不要看，不合礼的话不要听，也就由“四不”到“四不要”。这是千古不传的绝学，只有颜渊有资格代表这种绝学。颜渊死后这种学问就灭亡了，所以孔子说“没有听说有像颜渊这样好学的人”。即使曾子、孟子也已经不能算是好学的人，何况濂学周敦颐、洛学程颢、程颐众君子呢！还不够资格称为好学的人却轻易谈论什么“四不要”，足以看出他们是太不自量了。我姑且详细做些注解，请各位给予指正，怎么样？

从内心表达出来的叫做礼，从外界进入内心的叫做非礼；从天而降的叫做礼，从人世间获得的叫做非礼；由不学习、不考虑、不思索、不用功、不认识、不了解而得到的叫做礼，通过耳目闻见、心思考虑，并结合以往的言论行事进行对照比较，从而得到的都叫做非礼。这样就使语言表达的渠道断绝，内心思考的路径阻塞不通，没有捷径可以探求，没有别人走过的踪迹可以遵循，没有什么藩篱边卫可以防守，没有什么界域范围可以限制，也没有什么锁钥可以关闭开启，到了这种境界，那么对于“四勿”也就可以不言而喻了，没有达到这种境界却轻易谈论“四勿”，因此圣人批评他们说：“不好学。”

忠义水浒传序

本文选自《焚书》卷三。李贽评点过一百回本和一百二十回本的《水浒传》。一百回本的名为《批评忠义水浒传》,一百二十回本的名为《批评忠义水浒传全书》。本文是一百二十回本的序言。在这篇序言中,李贽首先指出《水浒传》为发愤之作,不是无病呻吟的作品。指出封建统治阶级的腐败荒淫和祸国殃民的对外政策,是产生《水浒传》的根源。李贽还深刻揭露了封建社会现实的不合理:“大贤处下,不肖处上”,“大贤役于人”,“大力者缚于人”。在封建黑暗政治的残酷统治下,善良人民和贤德之士无路可走,又不肯“束手就缚”,“其势必至驱天下大力大贤而尽纳之水浒矣”，基于这样的立场和认识，李贽赞扬了水浒人物的正义精神，大大提高了《水浒传》的社会地位和文学价值。

李贽对《水浒传》的评价，也有极其错误的一面。他把“身居水浒之中，心在朝廷之上，一意招安，专图报国”的宋江说成“忠义之烈”，肯定“南征方腊”等镇压农民起义的描写，都表现出李贽思想的阶级局限。

太史公曰：“《说难》、《孤愤》，圣贤发愤之所作也。”①由此观之，古之圣贤，不愤则不作矣。不愤而作，譬如不寒而颤，不病而呻吟也，虽作何观乎？《水浒传》者，发愤之所作也。盖自宋室不竞②，冠屦倒施，大贤处下，不肖处上。驯致夷狄处上③，中原处下，一时君相犹然处堂燕鹊④，纳币称臣，甘心屈膝于犬羊已矣。

---

① “太史公曰”三句：《史记·太史公自序》：“韩非囚秦，《说难》、《孤愤》、《诗三百篇》，大抵圣贤发愤之所为作也。”
② 竞：强劲。不竞指衰弱。 ③ 夷狄：此指辽、金。 ④ 处堂燕鹊：喻所处危境而不觉。《孔丛子》：“燕雀处堂，子母相哺，煦煦然其相乐，自以为安矣。灶突炎上，栋宇将焚，燕雀颜不变，不知祸之及己也。”

施、罗二公①,身在元,心在宋;虽生元日,实愤宋事。是故愤二帝之北狩②,则称大破辽以泄其愤③;愤南渡之苟安④,则称灭方腊以泄其愤⑤。敢问泄愤者谁乎?则前日啸聚水浒之强人也,欲不谓之忠义不可也。是故施、罗二公传《水浒》而复以忠义名其传焉。

夫忠义何以归于水浒也?其故可知也。夫水浒之众何以一一皆忠义也?所以致之者可知也。今夫小德役大德⑥,小贤役大贤,理也。若以小贤役人,而以大贤役于人,其肯甘心服役而不耻乎?是犹以小力缚人,而使大力者缚于人,其肯束手就缚而不辞乎?其势必至驱

① 施、罗二公:施耐庵(约1296—1370),名子安,一说名耳,兴化人,原籍苏州。相传为元至顺进士,曾在钱塘做官,后又参加张士诚军。罗贯中(约1330—1400),名本,别号湖海散人,山西太原人,一说钱塘或庐陵人。相传为施耐庵学生。关于《水浒传》的作者,有人认为是施耐庵作,有人认为是罗贯中作,也有人认为是施、罗二人的合作。李贽采取了第三种说法。 ② 二帝之北狩:指宋钦宗靖康二年(1127)徽宗、钦宗二帝被金人所掳事。狩,古代君主冬天打猎的专称。引申为君主失国出亡或被掳的讳称。 ③ 大破辽:《水浒传》八十三至八十九回,写宋江被招安后,奉旨征辽,大破之。 ④ 南渡:宋自高宗赵构南渡,保有淮以南之地,史称南宋。 ⑤ 灭方腊:指《水浒传》第一百十回至一百十九回,写宋江奉诏讨灭方腊一事。 ⑥ 小德役大德:品德低的供职于品德高的。役,这里是被动词,作“役于”解。

天下大力大贤而尽纳之水浒矣。则谓水浒之众，皆大力大贤有忠有义之人可也。然未有忠义如宋公明者也，今观一百单八人者，同功同过，同死同生，其忠义之心，犹之乎宋公明也。独宋公明者身居水浒之中，心在朝廷之上，一意招安，专图报国，卒至于犯大难，成大功，服毒自缢，同死而不辞，则忠义之烈也！真足以服一百单八人者之心，故能结义梁山，为一百单八人之主。最后南征方腊，一百单八人者阵亡已过半矣；又智深坐化于六和①，燕青涕泣而辞主②，二童就计于“混江”③。宋公明非不知也，以为见几明哲④，不过小丈夫自完之计，决非忠于君、义于友者所忍屑矣。是之谓宋公明也，是以谓之忠义也。传其可无作欤！传其可不读欤！

① 智深坐化于六和：佛家称僧人之死为坐化。《水浒传》第一百十九回中，写宋江劝鲁智深回京为官，智深谢绝不往，旋即坐化于杭州六和寺。 ②“燕青”句：《水浒传》一百十九回中，写燕青于讨方腊回京途中，劝卢俊义辞官退隐，以终天年，卢不听，燕青辞别而去。后来卢俊义被奸臣害死。 ③“二童”句：《水浒传》一百十九回中，写燕青走后，“混江龙”李俊也诈言中风，要求宋江留下童威、童猛来照顾自己，宋江应允。等宋江等人赴京走后，李俊、童威、童猛与费保等八人出海投化外国。 ④ 见几：事前洞察事物细微的动向。《易·系辞下》：“君子见几而作。”明哲：深明事理，明智。《诗·大雅·烝民》：“既明且哲，以保其身。”

故有国者不可以不读，一读此传，则忠义不在水浒而皆在于君侧矣。贤宰相不可以不读，一读此传，则忠义不在水浒，而皆在于朝廷矣。兵部掌军国之枢①，督府专阃外之寄②，是又不可以不读也，苟一日而读此传，则忠义不在水浒，而皆为干城心腹之选矣③。否则不在朝廷，不在君侧，不在干城腹心，乌乎在？在水浒。此传之所为发愤矣。若夫好事者资其谈柄，用兵者藉其谋画，要以各见所长，乌睹所谓忠义者哉！

【翻译】

太史公司马迁说："《说难》、《孤愤》，都是圣贤抒发激愤的作品。"由此看来，古代的圣贤，不激愤就不会写作。不激愤而勉强写作，就好像不寒冷却浑身打冷战，没有生病却呻吟有声，即使写作了又有什么值得看的呢？《水浒传》，就是抒发激愤的作品。由于宋朝衰微，上下倒置，杰出的人才处于下，无能者处于上，以至于夷

---

① 兵部：古官制，朝中分六部，兵部为其中之一，掌军务。

② 督府：地方军政官。阃（kǔn 捆）外：国门之外，指地方。阃，特指城门的门槛。《史记·冯唐传》："臣闻上古王者之遣将也，跪而推毂曰：阃以内者寡人制之，阃以外者将军制之。"

③ 干城：《诗·周南·兔罝》："赳赳武夫，公侯干城。"干，盾牌。干和城都比喻捍卫者。

狄处于上，中原处于下，一时间宋朝的国君宰相就像那堂上的燕鹊岌岌可危，尚不知祸将临头，输纳财物，自称降臣，心甘情愿向犬羊小国屈膝下跪。施耐庵、罗贯中二位先生，身在元朝，心在宋室；虽然生活在元朝，实际上感愤宋朝国事。因此愤恨宋徽宗、钦宗二帝被金人掳去，便在《水浒传》中写宋江被招安后奉旨征辽，大破辽军；愤恨南宋苟且偷安，便在《水浒传》中写宋江奉诏讨灭方腊，以此来发泄自己内心的愤恨。请问宋朝时发泄愤恨的又是哪些人呢？那就是当日叱咤风云、聚义水浒的众好汉，若不称他们为忠义之人是不对的。因此施耐庵、罗贯中二位先生撰写《水浒传》并加上忠义两个字作为传名。

忠义之称为什么要加在水浒英雄的身上呢？其中的原因是很清楚的。水浒众好汉为什么一个个都是忠义之人呢？形成这样的原因是很清楚的。现今品德低的供职于品德高的，一般的人供职于杰出的人，这是常理。如果让一般的人来役使人，却让杰出的人被人役使，他能够甘心情愿供人役使而不感到耻辱吗？这好比让力气小的人来捆绑人，而让大力士被人捆绑，他能够束手任人捆绑而不反抗吗？这种情势必然发展到驱使天下有勇力有才德的人完全汇聚到水浒。那么说水浒的众好汉，都是有勇力有才德有忠有义的人就是很对的了。然而没有像宋公明那样忠义的人。我们看一百零八条好汉，同功同过，同死同生，他们的忠义之心，如同于宋公明。唯独宋公明一个人，身居水浒之中，心在朝廷之上，一意盼望招安，专心图谋报国，最终至于经受大难，建立大功，服毒自缢，一同而死毫不退缩，这就是有忠有义的英烈啊！确实能使一百零八条好汉心服，所以能一起结义梁山，而成为一百零八条好汉的寨主。到最后南征方腊，一百零八条好汉在战场上牺牲的已超过了一半；另外，鲁智深在杭州六和寺坐化归天；燕青涕泣着辞别卢俊义；童威、童猛按"混江龙"李俊的计谋，一起造船出海。这些事宋公明并不是不知道，他认为见几而作、明哲保身，不过只是小人物自我保全的计策，决不是对国君尽忠心、对朋友重义气的人所能够介意的。这就是宋公明，这也就是称赞他忠义的原因。这样的传能不写吗？这样的传能不读吗？

所以统治国家的人不可以不读《水浒传》，只要读了这部传，那么忠义之士就不在水浒，而是在国君身边了。治理国政的贤明宰相不可以不读《水浒传》，只要读了这部传，那么忠义之士就不在水浒，而是都在朝廷之上。兵部掌握国家军政中枢，督府掌握朝廷所委任的地方军权，这些人也不可以不读《水浒传》，只要哪一天读了这部传，那么忠义之士就不在水浒，而是都成为忠诚勇敢的捍卫者的人选了。否则忠义之士就不在朝廷，不在国君身边，不成为忠诚勇敢的捍卫者，他们在哪里呢？他们在水浒。这就是《水浒传》抒发激愤之所在。如果好事的人借以作谈话资料，用兵打仗的人利用《水浒传》得到一些谋略计策，都不过是从各自的角度看见了《水浒传》某一方面的长处，哪里看到了所说的忠义主旨呢！

赞刘谐

本文选自《焚书》卷三。刘谐，号宏源，明朝隆庆进士，做过兵科给事中、福建按察佥事、余干知县。为官“抗上而不慢下”(《麻城县志》卷二十)。《赞刘谐》是一篇短小精悍的杂文，文笔辛辣，矛头直指被宋、明两代理学家吹捧为“至圣先师”的孔丘。

李贽这篇短文的中心就是驳斥道学家们“天不生仲尼，万古如长夜”的谬论。他借刘谐的话诙谐地说：怪不得孔圣人出世之前，人们整天都点着灯笼走路呢！他以幽默的笔调，用反嘲来说明孔丘出世之前，社会照样发展，人们照样前进，世界照样有光明。同时也揭露了道学家们表面上冠冕堂皇，实际上只不过是从儒家书本和先辈儒生的陈词滥调中窃取一点破烂而已。

有一道学①，高屐大履②，长袖阔带，纲常之冠③，人伦之衣④，拾纸墨之一二⑤，窃唇吻之三四⑥，自谓真仲尼之徒焉。时遇刘谐。刘谐者，聪明士，见而哂曰⑦："是未知我仲尼兄也。"⑧其人勃然作色曰："天不生仲尼，万古如长夜。子何人者，敢呼仲尼而兄之？"刘谐曰："怪得羲皇以上圣人尽日燃纸烛而行也⑨！"其人默然自止。然

---

① 道学：即宋、明两代的理学，这里指道学家。 ② 屐（jī 机）：木底有齿的鞋。 ③ 纲常：三纲五常。三纲：君为臣纲，父为子纲，夫为妻纲。五常：仁、义、礼、智、信。 ④ 人伦：指封建统治阶级根据孔孟之道制定的人与人之间应当遵守的行为准则，即所谓父子有亲、君臣有义等教条。以上两句是讽刺道学先生们，披上纲常、伦理的外衣。 ⑤ 纸墨：指儒家所写的文章、书籍，如《五经》、《四书》之类。 ⑥ 唇：嘴唇。吻：嘴边。唇吻，这里指儒家的言论。以上两句揭露道学先生们从儒家那里捡点破烂装饰自己。 ⑦ 哂（shěn 审）：嘲笑、讥笑。 ⑧"我仲尼兄"：我的仲尼哥哥。这是平辈的嘲谑口气。仲尼：孔丘的字。对孔丘以兄弟相称，在道学家看来是大逆不道的。 ⑨ 怪得：难怪，怪不得。羲（xī 西）皇：即伏羲氏，传说中的上古三皇之一。

安知其言之至哉!

李生闻而善曰①:"斯言也,简而当,约而有余,可以破疑网而昭中天矣②。其言如此,其人可知也。盖虽出于一时调笑之语,然其至者百世不能易。"

【翻译】

有一位道学先生,穿着高大的鞋子,衣袖很长,腰带很宽,头戴三纲五常的帽子,身穿人伦的衣裳,从儒家的故纸堆和陈词滥调中窃取一点破烂,自称是孔丘的真正信徒。正好碰到刘谐。刘谐是个聪明的读书人,见到了这位道学先生便讥笑他说:"你这是不了解我的仲尼哥哥呀。"这位先生脸色大变,怒气冲冲地站起来说:"老天爷如果不生个孔子,世界便永远处于黑暗之中。你是什么人,竟敢'仲尼'、'仲尼'地叫,还称他为哥哥?"刘谐说:"怪不得远古的圣人整天都点着灯笼走路啊!"这位道学先生被驳斥得再也说不出话来了。然而他哪里懂得这句话说得多么精辟透彻啊!

李生听了以后,认为这句话说得好,便说:"这句话,简明而得当,概括性很强而又耐人寻味,可以驱散道学

① 李生:李贽自称。 ② 疑网:指道学家散布对孔丘的迷信所造成的迷惑、混乱。昭:明。中天:天空正中。

先生们散布的尊孔迷雾，使事实真相大白于天下。刘谐能说出这样的话，可以想见他是个什么样的人了。虽然这句话出于一时的玩笑，但是它的精辟透彻就是再过千百年也不能改变。”

因记往事

本文选自《焚书》卷四。万历二十四年(1596),宁夏致仕副总兵官哱拜谋反,与鞑靼相勾结,骚扰西北边防,对国家安全造成严重威胁。平日窃取高位、养尊处优的一些文武大臣,都束手无策。这时曾任山西总兵、宣府总兵的李如松正遭到一些人的种种非难与围攻。李贽的好友、御史梅国桢为了国家利益与安全,不顾个人得失,向朝廷建议由李如松总兵讨平叛乱。后李如松、梅国桢互相协助,奋力作战,于当年九月破宁夏、杀哱拜、平定了叛乱。李贽因宁夏兵变,痛感朝廷的腐败无能和用人不当,想起了二十年前的林道乾,撰写了《因记往事》一文。

在这篇文章中，李贽在赞扬林道乾的同时，猛烈抨击了统治者的用人政策。但李贽不可能认识到农民起义是阶级压迫的产物。他的最终目的，也只是希望朝廷要重用林道乾这样的人，使之成为朝廷的工具，这是李贽的阶级局限性。不过李贽对当时封建统治者的腐败无能的揭露，对反动理学家丑恶面目的揭露，客观上是有利于人民的反封建斗争的。

向在黄安时①，吴少虞大头巾曾戏余曰②："公可识林道乾否？"盖道乾居闽、广之间，故凡戏闽人者，必曰林道乾云。余谓尔此言是骂我耶，是赞我耶？若说是赞，则彼为巨盗，我为清官，我知尔这大头巾决不会如此称赞人矣。若说是骂，则余是何人，敢望道乾之万一乎？

夫道乾横行海上，三十余年矣。自浙江、南直隶以及广东、福建数省近海之处③，皆号称财赋之产，人物隩区者，连年遭其荼毒，攻城陷邑，杀戮官吏，朝廷为之旰

① 黄安：今湖北省红安县。② 大头巾：此处指不通世故的读书人。头巾，明制举人未及第者的冠服。③ 南直隶：明永乐后俗称南京所辖地区为南直隶，相当今上海市和安徽、江苏二省以及江西婺源县地。

食①,除正刑都、总统诸文武大吏外,其发遣囚系,逮至道路而死者,又不知其几也,而林道乾固横行自若也。今幸圣明在上,刑罚得中,倭夷远遁②,民人安枕,然林道乾犹然无恙如故矣。称王称霸,众愿归之,不肯背离。其才识过人,胆气压乎群类,不言可知也,设使以林道乾当郡守二千石之任,则虽海上再出一林道乾,亦决不敢肆。设以李卓老权替海上之林道乾,吾知此为郡守林道乾者,可不数日而即擒杀李卓老,不用损一兵费一矢为也。又使卓老为郡守时,正当林道乾横行无当之日,国家能保卓老决能以计诛擒林道乾,以扫清海上数十年之逋寇乎③?此皆事之可见者,何可不自量也?

嗟乎!平居无事,只解打恭作揖,终日匡坐,同于泥塑,以为杂念不起,便是真实大圣大贤人矣。然稍学奸诈者,又搀入良知讲席④,以阴博高官,一旦有警,则面面相觑,绝无人色,甚至互相推委,以为能明哲。盖因国家专用此等辈,故临时无人可用。又弃置此等辈有才有胆

① 旰(gàn 干)食:因心忧事繁延迟到天很晚才吃饭。
② 倭(wō 窝):日本的古称。 ③ 逋(bū 布阴平):逃亡。
④ 良知:明王守仁提出“心即理”的命题,认为“心外无物,心外无事,心外无理”,并主“致良知”说,认为“良知”即“天理”,不学而知,不虑而能,强调从内心去体察天理,以达到“存天理,去人欲”之目的。

有识之者而不灵，又从而弥缝禁锢之，以为必乱天下，则虽欲不作贼，其势自不可尔。设国家能用之为郡守令尹，又何止足当胜兵三十万人已耶！又设用之为虎臣武将，则阃外之事可得专之，朝廷自然无四顾之忧矣。唯举世颠倒，故使豪杰抱不平之恨，英雄怀罔措之戚，直驱之使为盗也。余方以为痛恨，而大头巾乃以为戏；余方以为惭愧，而大头巾乃以为讥：天下何时太平乎！故因论及才识胆，遂复记忆前十余年之语。吁！必如林道乾，乃可谓有二十分才，二十分胆者也。

某曰："如此则林道乾无识乎？无识安能运才胆而决胜也？"夫古之有识者，世不我知，时不我容，故或隐身于陶钓，或混迹于屠沽，不则深山旷野，绝人逃世而已，安肯以身试不测之渊也？纵多能足以集事，然惊怕亦不少矣。吾谓当此时，正好学出世法，直与诸佛诸祖同游戏也。虽然，彼亦直以是为戏焉耳，从彼识见，视世间一切大头巾人，举无足以当于怀者，盖逆料其必不能如我何也，则谓之曰二十分识亦可也。

【翻译】

以前在黄安时，大头巾吴少虞曾跟我开玩笑说："您可认识林道乾吧？"由于林道乾活动在福建、广东之间，所以凡是跟福建人开玩笑，一定说林道乾如何如何。我说你这话是咒骂我呢，还是赞扬我呢？如果说是赞扬，那么他林道乾是大盗，我是清官，我知道你这位大头巾是决不会像这样称赞人的。如果说是咒骂，那么我是什么样的人，怎敢奢望比得上林道乾的万分之一呢？

林道乾横行海上，有三十多年了。从浙江、南直隶一直到广东、福建几省沿海地区，都是号称物产丰富、人物荟萃的区域，连年来遭到他们的破坏，攻占城邑，杀害官吏，朝廷为此饭也顾不上吃。除将左右都御史、都指挥使和总督等统兵的文武大吏正法或处刑外，其他官员被流放、关押，以致于在途中而死的人，又不知有多少，然而林道乾仍然照样横行，现在有幸圣明天子在上，刑罚得当，在沿海一带骚扰的倭寇被赶走，人民安居乐业，但是林道乾仍旧是那样安然如故。他称王称霸，众人都愿意归向他，不肯背叛他、离开他。他的才干见识超过一般人，胆略气概压倒群雄，是不言而喻的。假使让林道乾担当郡守二千石的职务，那么即使海上另外再现一个林道乾式的人物，也决不敢任意妄为。假使让我李卓老暂且换作是海上那个林道乾，我就知道这个担任郡守的林道乾，可以在不几天之内就擒杀李卓老，而且不必损一兵一卒，费一刀一箭。又假使李卓老担任郡守期间，正当林道乾横行无阻的时候，国家能够保证李卓老一定能够运用计谋诛灭或者擒获林道乾，从而扫清在海上横行数十年的逃亡的“盗贼”吗？这都是显而易见的事，怎么能够不自量力呢？

唉！平时无所事事，只会打恭作揖，整天正襟危坐，和泥菩萨一样，认为心中不起杂念，便就是真正的大圣人大贤人了。那些逐渐学会奸滑狡诈的人，又混入宣扬良知的讲席，以便悄悄搏取高官，一旦有紧急情况，就你望着我，我望着你，脸上完全没有人色，甚至互相推卸责任，认为是能明哲保身。就是因为国家专门任用这一类人，所以到了需要之时又没有人可用。又废弃像林道乾这一类有才干有胆量有见识的人而不任用，反倒阻塞禁锢他们，认为这些人必定使天下大乱，因此他们即使想不做盗贼，其情势已经不可能了。假使朝廷能任用这些人为郡守、知县，又何止能抵得上三十万作战勇士而已呢！又假设任用他们为虎臣武将，负军事上的专责，朝廷自然就没有仓惶四顾、坐卧不安的忧虑。就是因为举世上下颠倒，所以使豪杰充满不平的愤恨，使英雄怀有不知所措的忧惧，直至迫使他们成为盗贼。我正由于这些事而感到痛恨，而大头巾却以此来同我开玩笑；我正由于这些事而感到惭愧，而大头巾却以此来讥讽我：天下什么时候才能太平无事啊！所以由此论述到才干、见识、胆量，便又回忆起十多年以前的一些话。唉！一定要像林道乾这样，才能够称之为有二十分才干、二十分胆略的人啊。

某人问道:“这样说来那么林道乾没有见识了吗?没有见识怎么能运用才干、胆略从而夺取胜利呢?”古代有见识的人,世间不了解他,时代不容纳他,所以有的人躲身于制陶、垂钓者之列,有的人混杂在杀猪、卖酒者之间,不然就隐居深山旷野,断绝往来,逃避人世,怎肯以己之身试人世间无底深渊呢?纵然有能力才干可以带领众人成就事业,然而担惊受怕也不少啊。我认为在这样的时候,正好学逃离人世的方法,只同众佛众祖一起游乐嬉戏。即使这样,他林道乾也只把这当作嬉戏罢了,按照他的见识看来,世间一切大头巾人,完全没有一个能合意的,能够断定他们必定不能把我怎么样,因此说林道乾有二十分见识也是可以的。

贾　谊

本文选自《焚书》卷五。贾谊(前200—前168)，西汉初杰出政论家、文学家。少时即有文才，时称贾生。通申(不害)、商(鞅)之术。初受李斯学生吴公的赏识和推荐，二十多岁即被文帝召为博士，不久迁中大夫。受大臣周勃等排挤，贬为长沙王太傅。他多次上书，主张削弱诸侯国势力，从政治上、经济上巩固中央集权的封建国家；对外主张抵抗北方匈奴的侵扰。所著政论有《陈政事疏》、《过秦论》等，又有赋七篇，今存者以《鹏鸟赋》、《吊屈原赋》较有名。后人编辑整理其著作成《新书》十卷五十八篇。

李贽在《贾谊》这篇文章中，围绕对贾谊的

评价问题，驳斥了董仲舒所谓“不计功谋利”的谬论，并痛斥那些跟在董仲舒后边随声附和、攻击贾谊的明代道学家，全是一批“欺世盗名”的“穿窬”之徒。李贽热情赞颂贾谊“通达国体，真实切用”，为“千里之绝”，充分肯定了贾谊的政治才能和他提出的对付北方匈奴侵扰的主张。

班固赞曰①：“刘向称：‘贾谊言三代与秦治乱之意，其论甚美，通达国体，虽古之伊、管未能远过也②。使时见用，功化必盛，为庸臣所害③，甚可悼痛！’追观孝文玄默躬行④，以移风俗，谊之所陈略施行矣。及欲改定制度，以汉

---

① 班固(32—92)：字孟坚，东汉史学家、文学家。《汉书》的作者。赞：评论。班固所撰史传之后，多用“赞曰”，以发表自己的议论、批评。此处一段为《汉书·贾谊传赞》。 ② 伊、管：伊尹、管仲。伊尹：商初政治家、大臣，名伊，尹是官名。一说名挚。传说奴隶出身。后商汤任以国政，帮助汤攻灭夏桀。管仲：见《战国论》注。 ③ 为庸臣所害：据载，汉文帝曾打算提拔贾谊，因大臣周勃、灌婴等人阻挠，未能实现。并贬为长沙王太傅、梁怀王太傅。死时年仅三十二岁。 ④ 孝文：即汉文帝刘恒(前179—前157)，刘邦的儿子。他即位之后，执行重本抑末政策，发展农业生产，减轻租役，免收田赋十二年，并削弱诸侯王势力，加强中央集权，加强北方防御。旧史家将他与景帝并称“文景之治”。

为土德，色上黄，数用五①，及欲试属国②，施五饵三表以系单于③，其术固以疏矣。谊亦天年早终④，虽不至公卿，未为不遇也。凡所著述五十八篇，掇其切要于事者著于传云⑤。”

---

① “以汉为土德”二句：这是古时迷信的说法，出于战国时邹衍的“五德终始”论。“五德”指水、火、木、金、土。邹衍认为朝代的更替是按照这“五德”次序来循环变化的。这是一种唯心主义循环命定论。这里是说汉代是属于土德。色上黄：上，通“尚”，崇尚；土为黄色，所以“色上黄”。数用五：五行之排列次序中，土为五，所以说数用五。在这里，班固并不是反对贾谊所说“五德终始”的迷信说法，班固按东汉所定，认为汉是“火德”，色尚赤，贾谊说得不确。 ② 属国：即典属国，汉官名。始于秦，西汉沿置。掌管少数民族事务。《汉书·贾谊传》载，贾谊曾上书皇帝说：“何不试以臣为属国之官以主匈奴。” ③ 五饵三表：这是贾谊提出的对付匈奴的办法。他主张“以厚德怀服四夷”，“与单于争其民”。三表指“爱”、“好”、“信”。即爱其人，好其技，诺必果（说了就一定做到）。五饵：指“赐之盛服车乘以坏其目；赐之盛食珍味以坏其口；赐之音乐妇人以坏其耳；赐之高堂邃宇、府库奴婢以坏其腹；于来降者，上以召幸之，相娱乐，亲酌而手食之，以坏其心”。贾谊主张抵抗北方匈奴的侵扰，这是正确的，但这种对付匈奴的具体办法是有错误的。李贽在后文肯定“三表五饵”，也反映了他思想的局限性。单（chán 蝉）于：匈奴最高首领的称号。 ④ 天年：意思是没有受到刑戮。早终：贾谊只活了三十二岁就病死了，所以说天年早终。 ⑤ 掇（duō 多）：取。

李卓吾曰：班氏文儒耳，只宜依司马氏例以成一代之史[①]，不宜自立论也。立论则不免搀杂别项经史闻见，反成秽物矣。班氏文才甚美，其于孝武以前人物[②]，尽依司马氏之旧，又甚有见，但不宜更添论赞于后也。何也？论赞须具旷古只眼，非区区有文才者所能措也。刘向亦文儒也，然筋骨胜，肝肠胜，人品不同，故见识亦不同，是儒而自文者也。虽不能超于文之外，然与固远矣。

汉之儒者咸以董仲舒为称首[③]，今观仲舒不计功谋利之云[④]，似矣。而以明灾异下狱论死[⑤]，何也？夫欲明

---

① 司马氏：即司马迁，西汉时著名史学家、文学家，《史记》的作者。 ② 孝武：即汉武帝刘彻(前 156—前 87)，西汉皇帝、杰出政治家。景帝子。公元前 140—前 87 年在位。 ③ 董仲舒(前 180—前 115)：西汉大儒。今文经学大师。曾任胶西王相。建议汉武帝“罢黜百家，独尊儒术”，开创儒学为正统而又杂以阴阳五行的学说，把神权、君权、父权、夫权融贯为一体，建成封建神学体系。其核心为“天人感应”说。 ④ 不计功谋利：《汉书·董仲舒传》记载董仲舒曾说：“夫仁人者，正其谊(义)，不谋其利，明其道，不计其功。”这是他所宣扬的儒家虚伪说教。⑤ 下狱论死：董仲舒提出“天人感应”说，认为天是有意志的神，能干预人事，自然界的灾异表示着天对人们的谴责。汉武帝建元六年(前 135)，辽东、高庙、长陵高园殿失火。董仲舒在家里用“天人感应”之说推论上天的用意，并写了上奏的草稿。后来草稿被人偷去，送给汉武帝，武帝召集儒生议论。董仲舒的学生吕步舒，不知道这稿子是他老师写的，就发表意见，说这种说法非常荒谬无理。于是，武帝下令把董仲舒抓进监狱，拟判死刑，后赦免。

灾异，是欲计利而避害也。今既不肯计功谋利矣，而欲明灾异者何也？既欲明灾异以求免于害，而又谓仁人不计利，谓越无一仁又何也①？所言自相矛盾矣。且夫天下曷尝有不计功谋利之人哉！若不是真实知其有利益于我，可以成吾之大功，则乌用正义明道为耶？其视贾谊之通达国体，真实切用何如耶？

班氏何知，知有旧时所闻耳，而欲以贬谊，岂不可笑！董氏章句之儒也，其腐固宜。虽然，董氏特腐耳，非诈也，直至今日，则为穿窬之盗矣②。其未得富贵也，养吾之声名以要朝廷之富贵③，凡可以欺世盗名者，无所不至。其既得富贵也，复以朝廷之富贵养吾之声名，凡所以临难苟免者，无所不为。岂非真穿窬之人哉！是又仲舒之罪人，班固之罪人，而亦敢于随声雷同以议贾生。

---

① 越无一仁：《汉书·董仲舒传》记载，有一次江都易王刘非问董仲舒说：越王勾践和他的三个大臣（泄庸、文种、范蠡）策划攻打吴国，后来把吴国灭了。我认为这三个大臣就是越国的仁人，你看怎么样？董仲舒回答说：仁人不计功谋利，不去攻打人家，去攻打人家就是不仁，所以越国根本没有一个仁人。 ② 穿窬（yú 于）：挖墙洞、爬墙头，指偷窃。
③ 要（yāo 腰）：求取。

故余因读贾、晁二子经世论策[1]，痛班氏之溺于闻见，敢于论议，遂为歌曰：驷不及舌[2]，慎莫作孽！通达国体，刘向自别。三表五饵，非疏匪拙。彼何人斯？千里之绝。汉廷诸子，谊实度越。利不可谋，何其迂阔！何以用之？皤须鹤发[3]；从容庙廊，冠冕珮玦[4]。世儒拱手，不知何说。

【翻译】

班固评论说："刘向认为：'贾谊论述夏、商、周三代和秦王朝兴衰的道理，他的论述非常好，能透彻地了解治理国家的根本方针，即使古代的伊尹、管仲也比他超过不了很多。如果贾谊当时被重用，他的功绩和影响一定很大，但是他受到大臣中平庸之辈的排挤和打击，令人非常婉惜痛心！'回头看看汉文帝，沉静俭约，身体力行，移风易俗，贾谊提出的政治措施大体上施行了。至

---

① 晁(cháo 潮)：晁错，西汉大臣、政论家。文帝时任太常掌故、太子家令。景帝即位，任为御史大夫。公元前154年，他提出"重本抑末"政策，为景帝采纳，剥夺王国部分封地。不久，吴、楚七国叛乱，被杀。所著政论有《守边备塞书》、《论募民徙塞下书》、《论贵粟疏》等。 ② 驷：四匹马拉的车子。 ③ 皤(pó 婆)：白色。鹤：也指白色。 ④ 冠冕珮玦(jué 决)：公卿的服饰，指任公卿之职位。

于贾谊建议改正朔，更换服色制度，认为汉是属于土德，颜色以黄色为尊，数用五为吉，又请求试用为典属国之官，运用‘五饵三表’的策略笼络单于，这种方法本来就不切实际。贾谊只活了三十二岁就过早地病逝，虽没有官至公卿，还不算是没有受到赏识。他的著述共有五十八篇，选取其中对于治理国家事务切中要害的那些著作，记述在他的传记中。”

李卓吾说：班固只是一个擅长写文章的儒生，只应当依照司马迁的体例撰成西汉一代的史书，不应当自己发表评论。发表评论就不免掺杂别的经史中的观点及所闻所见，反而成了污秽之物。班固的文才很美，他的《汉书》对于汉武帝以前的人物，完全依照司马迁《史记》的原有记载，也很有见解，但不应当在传文之后另外增加评论。为什么呢？因为评论人物必须具有自古以来没有过的独到见解，不是小小的有文才的人所能做到的。刘向也是一个擅长写文章的儒生，但是他的气节超过了班固，性格、品质超过了班固，人品不同，所以见识也不同。是儒生而自有文采的人。虽然不能超出文之外，然而比班固强得多了。

汉朝的儒者都以董仲舒为首领，现在看了董仲舒反对计功谋利的说法，像个做首领的大儒的样子了。然而董仲舒以明察灾异被捕入狱，定为死罪，为什么呢？明察灾异就是想计利避害。董仲舒既然口口声声说决不肯计功谋利，为什么又要明察灾异呢？既要明察灾异以求免于受害，而又讲仁人不计功利，还说越国根本没有一个仁人，这又是为什么呢？所说自相矛盾了。再说天下何曾有不计功谋利的人啊！如果不是确实知道对自己有利益，可以使自己成就大的功业，那么何必又要正什么义，明什么道呢？比起贾谊通晓治国的大政方针，提出实际合用的建议，又怎么样呢？

班固知道什么！只听道孔孟书上一些老话罢了，而想用这些话来贬低贾谊，难道不可笑吗！董仲舒不过是一个只会对古书分章析句的儒生，他的迂腐并不奇怪。虽然如此，董仲舒只是迂腐罢了，并不是欺诈。但是到了今天，那些道学家却是一些挖洞翻墙的盗贼。他们没有得到富贵的时候，钓名沽誉以邀取朝廷富贵，只要能够欺世盗名，什么地方都要去钻营。他们已经得到了富贵，又利用朝廷富贵钓名沽誉，只要碰到危险，就只顾自己苟且逃避，什么丑事坏事都干得出来。这难道不真的是一些挖洞翻墙的盗贼吗？这种人是董仲舒的罪人，班固的罪人，却也竟敢随声附和跟他们一个腔调来责难贾谊。所以我因为阅读贾谊、晁错两人关于治理国家的政论文章，痛惜班固见闻浅陋，竟敢评论责难贾谊，于是作了一段歌词，说：

一言既出，驷马难追，
千万不要胡说造孽！
刘向能认识贾谊“通达国体”，
这就使自己与班固互相区别。
贾谊提出的“三表五饵”，
也并不空疏，也并不笨拙。
他是一个什么样的人呢？
他像一匹超凡的千里马，
是一个独一无二的人中之杰。
在汉代朝廷里的所有臣子中，
贾谊才能突出，把众人超越。
董仲舒说什么不计功谋利，
他的观点多么迂阔！
贾谊应该怎样重用？
应让他活到须发皆白，
从从容容在朝廷做高官、
头戴冠冕，腰佩玉玦。
世俗儒生就只好拱手作揖，
不知还有什么话可说。

孔明为后主写《申》《韩》《管子》《六韬》[①]

本文选自《焚书》卷五。据《三国志·先主传》裴松之注引《诸葛亮集》说："先主遗诏敕后主曰：'……可读《汉书》、《礼记》，闲暇历观诸子及《六韬》、《商君书》，益人意智。闻丞相为写《申》、《韩》、《管子》、《六韬》一通，已毕未送，道亡，可自更求闻达。'"

李贽在这一篇文章中，通过评论孔明为后主写《申》、《韩》、《管子》、《六韬》这件事，对历史上各家学说及其历史作用，进行对比分析，一反

① 后主：蜀汉刘禅，小字阿斗，刘备之子。《申》、《韩》：即《申子》、《韩非子》。

儒家的传统的观念，着重评价了儒法两家的千秋功罪。

唐子西云①："人君不论拨乱守文，要以制略为贵。《六韬》述兵权，多奇计；《管子》慎权衡，贵轻重；《申》、《韩》核名实②，攻事情。施之后主，正中其病。药无高下，要在对病，万全良药，与病不对，亦何补哉！"又观《古文苑》载先主临终敕后主之言曰③："《申》、《韩》之书，益人意智，可观诵之！"《三国志》载孟孝裕问郤正太子④，正以虔恭仁恕答。孝裕曰："如君所道，皆家门所有耳。吾今所问，欲知其权略知调何如也⑤。"

---

① 唐子西：唐庚，字子西，北宋眉山人，著有《文录》、《诗话》等书。这里的引文出自唐庚的《三国杂事·诸葛亮丞相为后主写申韩管子六韬各一通》。② 核：考察。③《古文苑》：唐人所编诗文选集，收集了从东周至南齐的诗赋、杂文二百六十多篇。现存《古文苑》中没有刘备给刘禅的手敕。先主：指刘备。敕（chì 赤）：帝王的诏书、命令。④ 孟孝裕：孟光，字孝裕，刘备时为议郎。刘禅即位后，为大司农。郤（xì 系）正：刘备时为秘书郎。据《三国志·孟光传》载：孟光曾问郤正太子（刘禅）"所习读并其性情好尚"，郤正回答说，刘禅"奉亲虔恭，夙夜匪懈，有古世子之风。接待群僚，举动出于仁恕"。孟光听后即说了"如君所道"一段话。⑤ 调：计算，算度。

由此观之，孔明之喜申、韩审矣。然谓其为对病之药，则未敢许。夫病可以用药，则用药以对病为功，苟其用药不得，则又何病之对也。刘禅之病，牙关紧闭，口噤不开，无所用药者也，而问对病与否可欤？且申、韩何如人也，彼等原与儒家分而为六①。既分为六，则各自成家；各自成家，则各各有一定之学术，各各有必至之事功。举而措之，如印印泥，走作一点不得也。独儒家者流，泛滥而靡所适从，则以所欲者众耳②。故汲长孺谓其内多欲而外施仁义③，而论六家要指者④，又以"博而寡要，劳而少功"八字盖之，可谓至当不易之定论矣。孔明之语后主曰："苟不伐贼，王业亦亡。与其坐而待亡，孰与伐之。"⑤

---

① 彼等原与儒家分而为六：汉代司马谈认为先秦诸子主要有六家：法、儒、阴阳、名、墨、道。彼：指申、韩等家。
② 所欲者众：指儒家的欲望很多。即下文所说儒家既想"成大功"，又要"顾后患"，企图"名实俱利"等。 ③ 汲长孺（？—前112）：汲黯，字长孺，汉武帝时，任东海太守，继为主爵都尉。常直言切谏，反对武帝独尊儒术和用兵匈奴。指出武帝"内多欲而外施仁义，奈何欲效唐虞之治乎！" ④ 论六家要指者：指司马谈。据《史记·太史公自序》记载：司马迁的父亲司马谈曾"论六家要指"，对儒、法等六家进行评论。他说："儒者，博而寡要，劳而少功，是以其事难尽从。" ⑤ "苟不伐贼"四句：出自《后出师表》，见于《三国志·诸葛亮传》裴松之注引《汉晋春秋》。此表过去人们怀疑是伪托之作，陈寿所定《诸葛亮集》未收入。

是孔明已知后主之必亡也，而又欲速战以幸其不亡，何哉？岂谓病虽进不得药，而药终不可不进，以故犹欲侥幸于一逞乎？吾恐司马懿、曹真诸人尚在①，未可以侥幸也。六出祁山②，连年动众，驱无辜赤子转斗数千里之外，既欲爱民，又欲报主，自谓料敌之审，又不免幸胜之贪，卒之胜不可幸，而将星于此乎终陨矣③。盖唯其多欲，故欲兼施仁义；唯其博取，是以无功徒劳。此八字者，虽孔明大圣人不能免于此矣。

愚尝论之，成大功者必不顾后患，故功无不成，商君之于秦④，吴起之于楚是矣⑤。而儒者皆欲之，不知天下

---

① 司马懿：三国时魏国人，字仲达。多智谋，善权变，曾多次率大军与诸葛亮作战。曹真：三国时魏国人，魏明帝时，曾任大将军，封邵陵侯，是诸葛亮北伐时的劲敌。 ② 六出祁山：相传刘备死后，诸葛亮曾六出祁山（今甘肃西和北）攻魏。实际上，六次战役中，一次系防御战，亮攻魏实为五次，其中出祁山仅两次，其他从别处出兵。 ③ 陨（yǔn 允）：坠落。指诸葛亮最后一次出祁山北伐中，于公元234年8月，因积劳成疾，死于五丈原（今陕西眉县西南）军中。 ④ 商君：即商鞅（约前390—前315）。战国时著名政治家。卫国人。公孙氏，名鞅。初仕魏。后入秦，以强国之术，说孝公，并提出“治世不一道，便国不法古”的主张。被任为大良造。辅佐秦孝公，两次变法，奠定了秦国富强的基础。因功封商、於十五邑，称为商君，亦称商鞅。秦孝公死后，被诬告谋反，车裂而死。

⑤ 吴起（？—前381）：战国初期杰出政治家、军事家。为楚令尹，辅佐悼王，实行变法，使楚国国势强盛。楚悼王死后，贵族发动叛乱，他被杀害。

之大功，果可以顾后患之心成之乎否也，吾不得而知也。顾后患者必不肯成天下之大功，庄周之徒是已①。是以宁为曳尾之龟②，而不肯受千金之币；宁为濠上之乐③，而不肯任楚国之忧。而儒者皆欲之，于是乎又有居朝廷则忧其民，处江湖则忧其君之论④。不知天下果有两头马乎否也，吾又不得而知也。墨子之学术贵俭⑤，虽天下以我为不拔一毛不恤也。商子之学术贵法⑥，申子之学

① 庄周(约前369—前286)：战国时哲学家、文学家。宋国蒙(今河南商丘东北)人。做过蒙地方的漆园吏。家贫，曾借粟于监河侯。但拒绝了楚威王的厚币礼聘。他主张逃避现实，安时处顺、逍遥自得，寻求所谓精神上的解脱。哲学上宣扬唯心主义的相对主义。著作有《庄子》。 ② 宁为曳尾之龟：《庄子·秋水》：楚威王派两个大夫聘请庄周做官。庄周说：楚国有一神龟，已死三千年了。楚王把它珍贵地藏在祭祖宗的庙堂上。我宁愿像乌龟活着时拖着尾巴在泥里爬，而不愿意像乌龟死后那样“留骨而贵”。 ③ 濠上之乐：《庄子·秋水》：庄子和惠施在濠水岸上游玩。庄子说：鱼在水里从容遨游，这鱼真快乐啊。惠施反问道：你不是鱼，怎么知道鱼的快乐呢？庄子回答：你不是我，怎么知道我不懂鱼的快乐呢？我在濠上游玩感到快乐，就知道鱼在濠下边也一定快乐。
④ “居朝廷”两句：出自范仲淹的《岳阳楼记》：“居庙堂之高则忧其民，处江湖之远则忧其君。”处江湖：指在野，与居朝廷相对，或指被贬官离开朝廷。 ⑤ 墨子：名翟(约前478—前392)，鲁国人。墨子主张节俭，反对奢侈浪费。 ⑥ 商子：即商鞅。他提倡“法治”，在秦国实行变法，使秦国强盛。

术贵术[①]，韩非子之学术兼贵法、术[②]，虽天下以为我残忍刻薄不恤也。曲逆之学术贵诈[③]，仪、秦之学术贵纵横[④]，虽天下以我为反复不信不恤也。不惮五就之劳[⑤]，以成夏、殷之绩，虽天下后世以我为事两主而兼利，割烹要而试功，立太甲而复反可也[⑥]。此又伊尹之学术以任，而直谓之能忍诟焉者也。以至谯周、冯道诸老宁受祭器

---

① 申子：即申不害。曾任韩昭侯相国，执政十五年。申不害是法家之祖，重“术”，认为君主应掌握任免、考核、赏罚各级官吏的方法（术），加强君主集权制。 ② 韩非子兼贵法、术：韩非是先秦法家的集大成者。他总结和发展了前期法家的思想，系统地建立了法家的思想体系。他提出了一套完整的“法、术、势”相结合的法治理论，为创立统一的中央集权的封建国家，提供了有力的理论根据。 ③ 曲逆：即陈平，封曲逆侯。在帮助汉高祖刘邦定天下时，他屡出奇计，得到成功。④ 仪、秦：张仪，苏秦，战国时人。张仪，秦国丞相，游说六国，使六国违背联合抗秦的盟约，连横事秦，秦惠王封他为武信君。苏秦，字季子，起初到秦国游说，秦惠王没有采用，又到齐、楚、燕、赵、魏、韩六国游说，主张六国联合抗秦，为“纵约长”。 ⑤ 五就：指伊尹曾五次主动找夏桀，又五次找商汤，愿意为他们效劳。 ⑥“割烹要而试功”两句：伊尹为了使商汤能赏识他，曾经去当商汤的厨师。商汤很称赞他的烹调技术，他就以讲烹调技术为例，宣传他的政治主张。后来做了商汤的宰相。汤死后，伊尹拥立汤的孙子太甲为君。因为太甲无道，伊尹把他流放到桐，三年后，太甲悔过，伊尹又立他为君。

归晋之谤①，历事五季之耻，而不忍无辜之民日遭涂炭，要皆有一定之学术，非苟苟者。各周于用，总足办事，彼区区者欲选择其名实俱利者而兼之，得乎？此无他，名教累之也②。以故瞻前虑后，左顾右盼。自己既无一定之学术，他日又安有必成之事功耶？而又好说“时中”之语以自文③，又况依仿陈言，规迹往事，不敢出半步者哉！故因论申、韩而推言之，观者幸勿以为余之言皆经史之所未尝有者可也。

【翻译】

唐子西说：“人君无论是平定乱世，开创基业，还是继承前代，遵守成法，总之应以法制和权略为最重要。《六韬》讲指挥用兵打仗的权谋策略，有很多奇妙的计策；《管子》一书，很重视权衡轻重得失；《申子》、《韩非

① 谯周：三国时蜀汉光禄大夫。刘禅兵败于曹魏，谯周上疏劝刘禅投降，刘禅接受了。冯道：五代人。历事五代时后唐、后晋、后汉、后周四朝十君和耶律契丹，在相位二十年，自称长乐老。祭器归晋：指蜀汉投降曹魏。当时曹魏实权落在司马氏之手，不久司马炎篡魏，为晋朝。 ② 名教：即儒家伦理道德的说教。 ③ 时中：儒家指立身行事，合乎时宜，无过与不及为时中，就是所谓“中庸之道”。《礼记·中庸》：“君子之中庸也，君子而时中。”

子》核实名称和实际是否一致，在做事情上下功夫。用于后主刘禅，正中他的病症。药物无论是上品下品，关键在于要对症；即使是万全良药，如果不对病症，又有什么益处呢！”我又看到《古文苑》上载有先主刘备临终前给后主刘禅的敕令说：“《申子》、《韩非子》这两种书，可以启发人的思想，增长人的聪明，应该阅览诵读！”《三国志》记载，孟孝裕曾向郤正询问太子刘禅的情况，郤正回答说太子侍奉双亲虔诚恭敬，接待臣僚仁爱宽厚。孟孝裕说：“像你所讲的这些，都是平常人家所能做到的，而我现在所问的，是想知道太子治理国家的权谋、策略和智慧、算度怎么样。”

由此看来，孔明喜爱《申子》、《韩非子》是确实的。然而认为这就是对症的药物，我却不敢同意。生病可以用药物来医治，而用药物要对症才能有效，如果他的病已经到了不能用药的地步，那么还谈得上什么对症下药呢。刘禅的病，已经到了牙关紧闭，不能张口说话的地步，是没有办法用药的了，还问对症不对症做什么呢！况且申不害、韩非子是什么样的人呢？他们原本与儒家并列为六家。既然并列为六家，那么就各自成为一家；既然各自成为一家，那么就各自有一定的学术，各自有必定达到的事业和功效。拿这种学术实施起来，好比印章在封泥上按印一般，一点都不能走样啊。唯独儒家这一个学派，内容庞杂，使人无所适从，是因为儒家的欲望太多了。所以汲长孺认为汉武帝"独尊儒术"，是内心欲望很多，而表面却施行仁义。而论六家要旨的司马谈，又用"内容庞杂却不得要领，花费很大力气，却没有什么功效"这两句话来概括儒家的特点，可算是最恰当而不能改变的定论了。孔明上表后主说："如果不讨伐曹贼，王业也要败亡。与其坐等败亡，不如出师讨贼。"这表明孔明已经知道后主必定败亡，但又想速战取胜，以侥幸不亡，为什么这样呢？这难道不像人患重病，虽然已经不能用药治了，但药还是不可不用，因此仍侥幸于逞一次强。我担心司马懿、曹真这些人还在，未必可以侥幸取胜啊。六次从祁山出师伐魏，连年兴师动众，驱使无辜老百姓转战于几千里之外，既想爱护民众，又想报答国主；自认为料敌准确，又不免有侥幸取胜的贪心，最终，胜利不可能侥幸取得，而诸葛孔明在最后一次北伐时死了。正是由于他欲望太多，所以想同时施行仁义；正是由于他想得到的太多，所以没有成功而白费了气力。这两个方面的缺陷，即使孔明这位大圣人也没有能够避免啊。

我曾经论述过，能成就伟大功业的人必定不顾将来的祸害，所以功业没有不成功的，商鞅在秦国，吴起在楚国就是这样。而儒者什么都想得到，不知是否果然可以抱着顾后患的心理而成就天下伟大的功业，我不能够知道。顾虑后患的人一定不肯成就天下伟大的功业，庄周这类人就是这种人。所以他宁愿像乌龟活着时拖着尾巴在泥里爬，也不肯接受千金重聘到楚国做官；他宁愿有濠水上观鱼之乐，也不肯分担楚国的忧患。而儒者什么都想得到，于是又有在朝廷做官，便忧虑民众疾苦；在野贬官，便担心君王安危这样的说法。不知天下是否果真有两头马可骑，我也不能够知道。墨子的学术崇尚节俭，即使天下人说我一毛不拔，也无所顾忌。商子的学术提倡"法治"，申子的学术重视"术"，韩非子的学术既重视"法"，也重视"术"，即使天下人说我残忍刻薄，也无所顾忌。曲逆侯陈平重视权谋，张仪、苏秦的学术贵合纵、连横，即使天下人说我反复无常、不讲信用，也无所顾忌。伊尹不怕五次找夏桀，五次找商汤的辛劳，以成就夏、商的功业，即使天下人后代人说我想事夏、商两主而两边得利；以自己的烹调技术，来尝试取得成功；在拥立太甲为君上反反复复：随便怎么说都可以。这又表明伊尹的学术要旨在于以天下为己任，因而直截了当地表明能忍辱负重。至于谯周宁愿遭受劝刘禅投降曹魏，天下终归于晋的诽谤，冯道宁愿蒙受历事五代四朝十君及契丹的耻辱，却不忍无辜的民众遭受困苦，处于水深火热之中，总之都有一定的学术，不是马马虎虎、苟且过日子的人。上述墨子以下各家的学说，都符合于实用，都足于办成一定的事业，那些微不足道的儒生想选择兼有名实两利的事，做得到吗？这没有别的原因，他们被名教所束缚啊。因此瞻前顾后，左右观望。自己既然没有一定的学术，他日又怎么能有必定成就的功业呢？但是他们又喜欢说什么“合乎时宜”，“无过无不及”的话来掩饰自己，更何况那些模仿陈词滥调、依照前人往事亦步亦趋，不敢越出雷池半步的人呢！所以因论述《申子》、《韩非子》并推而广之，希望读者不要认为我的话都是儒家经典和史籍里面所不曾有的就可以了。

读书乐·引

本文选自《焚书》卷六。万历二十四年(1596),李贽七十岁。他对自己的一生进行了回顾和总结,写了四言长诗《读书乐》和遗嘱式的《豫约》一文。本文是《读书乐》诗前引。

在《读书乐·引》这篇短文中,生动表现出李贽以读书为战斗,以战斗为快乐的豪迈气概和旺盛斗志,以及敢于冲破儒家是非标准的批判精神。李贽说他天生有两个幸运条件:其一是具有一种超过俗人的眼力,其二是具有超过俗人的胆量。李贽对自己的这两点概括,正深刻揭示了他"异端"思想的特点,那就是不以孔子的是非为是非,不以封建正统思想为准绳,这一特点是李贽一生斗争精神的表现，也是他所以能成为明代杰出进步思想家的根本原因。

曹公云①："老而能学，唯吾与袁伯业②。"夫以四分五裂，横戈支戟，犹能手不释卷，况清远闲旷哉一老子邪③！虽然，此亦难强。予盖有天幸焉。天幸生我目，虽古希犹能视细书；天幸生我手，虽古希犹能书细字。然此未为幸也。天幸生我性，平生不喜见俗人，故自壮至老，无有亲宾往来之扰，得以一意读书。天幸生我情，平生不爱近家人，故终老龙湖，幸免俯仰逼迫之苦，而又得以一意读书。然此亦未为幸也。天幸生我心眼，开卷便见人，便见其人终始之概。夫读书论世，古多有之，或见皮面，或见体肤，或见血脉，或见筋骨，然至骨极矣。纵自谓能洞五脏，其实尚未刺骨也。此予之自谓得天幸者一也。天幸生我大胆，凡昔人之所忻艳以为贤者，予多以为假。多以为迂腐不才而不切于用，其所鄙者、弃者、唾且骂者，予皆的以为可托国托家而托身也。其是非大戾昔人如此④，非大胆而何？此又予之自谓得天之幸者

---

① 曹公：指曹操。 ② 袁伯业：即袁绍从兄袁遗，字伯业。③ 老子：李贽自称卓吾老子。见《〈焚书〉自序》。 ④ 戾（lì 利）：违背，违反。

二也。有此二幸，是以老而乐学，故作《读书乐》以自乐焉。

【翻译】

曹公曾说："年老而能勤勉学习的，只有我和袁伯业两个人。"在天下四分五裂的情况下，曹公横戈持戟，南征北战，仍然能够手不释卷，勤奋读书，又何况隐居山野幽闲自适的我这一介老翁呢！虽然如此，年老而能读书学习也是很难强求于人的。我大概是有上天给予的幸运吧。上天幸好生就我特别的眼睛，即使到了七十古稀之年仍然能够阅读字体小的书籍；上天幸好生就了我的巧手，即使到了七十古稀之年仍然能够书写字体细小的文字。然而这不算幸运呢。上天幸好生就我的品性，平常不喜欢会见凡俗之人，所以从壮年直到老年，没有亲朋宾客来来往往的干扰，使我能够专心一意读书。上天幸好生就我的情怀，向来不爱接近家族中人，所以寄寓麻城龙湖一直到老，能够幸免曲意应酬以及遭受逼迫的痛苦，又让我可以专心一意读书。然而这还不算幸运呢。上天幸好生就我特有的心眼，读书打开书本就能看见书中的人物，便能看见这个或这些人物开端和结局的梗概。当然读书知人论世，古代很多人都能这样做，有的人能看见皮毛颜面，有的人能看见身体肌肤，有的人能看见血脉，有的人能看见筋骨，然而能看见骨骼就已是到了极点了。纵然有人自称能看透五脏六腑，其实还没有透视到骨骼呢。我能独具慧眼看透书中人物，这就是我自己所说天生具有的第一个幸运条件。上天幸好生就我超凡的大胆，凡是古人钦佩赞美并认为是贤德出众的人，我大多认为是一些不可信赖的伪君子，大多认为是一些迂腐无能、不切实用的人；而古人所鄙薄的人、所嫌弃的人、所唾骂的人，我都确实认为是一些可以托付国家大事、可以托付人身性命的人。我的这些是非观点同古人如此严重对立，这不是超凡的大胆又是什么呢？这又是我自己所说天生具有的第二个幸运条件。具有了这两个幸运条件，因此年纪老了却乐于读书学习，所以作《读书乐》诗而自得其乐。

与耿克念

本文选自《续焚书》卷一。《续焚书》五卷，和《焚书》一样，也是李贽的诗文集，收录了他的书信、杂著、史论、诗歌和他在其他著作中少量的文章。他把批判的锋芒直接指向所谓“近世学者”即道学家，对他们所尊崇的孔子、孟子为代表的儒家学派也作了批判。《续焚书》和《焚书》是李贽的代表作，具有很大的价值。万历二十四年(1596)，耿定向的门生、湖北分巡道史族贤到黄安，扬言要以“大坏风化”的罪名把李贽驱逐出麻城。这是对李贽进行的又一次残酷迫害。李贽在这两封信中，痛斥反动当局的诽谤，揭露了他们的阴谋，大义凛然地声明：“我可杀不可去，我头可断而我身不可辱。”充分表现了“不畏死”、“不怕人”、“不靠势”的大无畏气概。耿克念，应为耿汝念，李贽好友耿定理的儿子。

（一）

我欲来已决，然反而思之，未免有瓜田之嫌①，恐或以我为专往黄安求解免也②，是以复辍不行③，烦致意叔台并天台勿怪我可④。

丈夫在世，当自尽理。我自六七岁丧母，便能自立，以至于今七十，尽是单身度日，独立过时。虽或蒙天庇，或蒙人庇，然皆不求自来，若要我求庇于人，虽死不为也。历观从古大丈夫好汉尽是如此，不然，我岂无力可以起家，无财可以畜仆，而乃孤子无依，一至此乎？可以

---

① 瓜田之嫌：出自古乐府《君子行》：“君子防未然，不处嫌疑间。瓜田不纳履，李下不整冠。”意思是说在瓜田里不要弯腰提鞋，在李树下不要整理帽子，以避免偷窃的嫌疑。有成语“瓜田李下”，与之义同。 ② 黄安：地名。今湖北红安县。 ③ 辍（chuò 绰）：停止，作罢。 ④ 叔台：即耿定力，号叔台，耿定理的弟弟。天台：即耿定向，号天台，耿定理的哥哥，道学家。李贽与他曾进行过激烈的思想论战。

知我之不畏死矣，可以知我之不怕人矣，可以知我之不靠势矣。盖人生总只有一个死，无两个死也，但世人自迷耳。有名而死，孰与无名？智者自然了了。

【翻译】

我已经决定要来黄安，可是回头一想，未免有瓜田李下的嫌疑，恐怕有人认为我是专门到黄安去求情的，所以又决定不来了，麻烦你向耿定力和耿定向转述我的意思，请他们不要责怪我就可以了。

男子汉大丈夫活在世上，应当自己料理自己。我从六、七岁母亲去世起，就能自己安排，直到如今已经七十岁了，始终是单身过日子，独立去生活。虽然有时候受到上天的保护，有时候受到人们的保护，但都是不求自来的，假如要我去请求别人保护自己，即使是死也不愿这样做。通观从古到今的男子汉大丈夫都是这样，要不是因为不愿求人，我难道没有力量可以发家致富，难道没有钱财可以雇佣仆人，而竟然孤单一人无依无靠，到了这种地步呢？从这里可以知道我是不恐惧死的了，可以知道我是不害怕别人的了，可以知道我是不投靠权势的了。因为人生总是只有一个死，没有两个死，只是世上人自己糊涂罢了。有名而死与无名而死哪一种好呢？聪明的人自然清楚明白的。

（二）

前书悉达矣，嫌疑之际，是以不敢往，虽逆尊命①，不敢辞。幸告叔台与天台恕我是感。

窃谓史道欲以法治我则可②，欲以此吓我他去则不可。夫有罪之人，坏法乱治，案法而究，诛之可也，我若告饶，即不成李卓老矣。若吓之去，是以坏法之人而移之使毒害于他方也，则其不仁甚矣！他方之人士与麻城奚择焉③？故我可杀不可去，我头可断而我身不可辱，是为的论，非难明者。

【翻译】

前一封信已经详细告诉了你，正在容易引起嫌疑的时候，所以我不能到黄安来，虽然违背了你的盛情邀请，但我不能不这样做。希望你告诉耿定力和耿定向谅解我，我就很感谢了。

我认为史旌贤如果用法律来处理我是可以的，如果想要用这个来恐吓我让我到其他地方去是不可以的。

---

① 逆：违背。尊命：指耿汝念要李贽去黄安的邀请。
② 史道：指史旌贤，时任湖广按察司佥事，此职又称“分巡道”，简称“道”。 ③ 奚（xī 西）：何。

一个有罪的人，破坏法纪，扰乱治安，根据法律来查办，把他杀了是可以的，我假如要求饶恕，就不成李卓吾了。假如用恐吓的手段让我到别处去，那就是让我这个坏法的人转移到别处去害人，这也太不讲人道了吧！别处的人和麻城的人有什么不一样，有什么可选择的呢？所以我可以被杀掉但不可以被赶走，我的头可以割断而我的身体不可以羞辱，这是确定不移的，并不是很难明白的。

与潘雪松

本文选自《续焚书》卷一。当时，道学家把持教育大权，《四书》、《五经》成了法定教材，流毒很深。李贽揭露道学是酸腐无用之物，反对以道学毒害纯真的青年，这是对儒家说教的有力批判。潘雪松，即潘士藻，号雪松，李贽友人。

汪鼎甫读书人也①。会读书，又肯读书，正好在此读书，而家人来催回赴试矣。试中当自识拔，不劳公汇荐②，但劳公先容也。

---

① 汪鼎甫：即汪本钶，字鼎甫，曾到麻城龙潭湖随李贽求学九年。 ② 汇荐：依照惯例推荐。

鼎甫沉潜朴实①，似一块玉，最好雕琢，愿公加意砻砺之②，毋以酸道学灌其耳，假道学群侣汩其未雕未琢之天也③！

【翻译】

汪鼎甫是位读书人，善于学习，又肯钻研，正好在我这里读书，但他家里人催他回乡参加科举考试去了。考试被录取以后自然会受到赏识和提拔，不必麻烦您依照惯例推荐他，只是请您先接纳他一下就可以了。

汪鼎甫沉静专心，心地朴实，像一块质地优良的玉石，最容易雕刻成精美的器具，希望您用心地教育他磨炼他，而不要把那套酸腐无用的道学灌输给他，不要让那群假道学家扰乱损伤了他纯真的天性。

---

① 沉潜：沉静专心。 ② 砻（lóng 龙）砺：磨炼。 ③ 汩（gǔ 古）：扰乱。

圣教小引

本文选自《续焚书》卷二。是李贽的晚年著作。在此文中，作者叙述了自己的治学过程，认为在五十岁以前，对孔子和儒家经典的态度是“矮子观场，随人说研”，在五十岁以后，通过旁涉佛经，再读儒经，才对孔子和儒家经典有了真正的了解。这实际上是对当时所谓道学家竭力吹捧孔子和儒家经典的深刻揭露和辛辣讽刺。

余自幼读圣教不知圣教①，尊孔子不知孔夫子何自可尊，所谓矮子观场，随人说研②，和声而已。是余五十

① 圣教：指儒教，儒家经典。 ② 研：同“妍”，美好。

以前真一犬也，因前犬吠形[①]，亦随而吠之，若问以吠声之故，正好哑然自笑也已。五十以后，大衰欲死，因得友朋劝诲，翻阅贝经[②]，幸于生死之原窥见斑点，乃复研穷《学》、《庸》要旨[③]，知其宗贯，集为《道古》一录[④]。于是遂从治《易》者读《易》三年[⑤]，竭尽夜力，复有六十四卦《易因》锓刻行世[⑥]。

呜呼！余今日知吾夫子矣[⑦]，不吠声矣；向作矮子，至老遂为长人矣。虽余志气可取，然师友之功安可诬耶！既自谓知圣，故亦欲与释子辈共之[⑧]，盖推向者友朋之心以及释子，使知其万古一道[⑨]，无二无别，真有如我太祖高皇帝所刊示者[⑩]，已详载于《三教品刻》中矣[⑪]。

---

① 吠形：指狗看见人影而叫。语出东汉王符《潜夫论·贤难》："谚曰：'一犬吠形，百犬吠声。'"意为不察真伪，随声附和。 ② 贝经：贝叶经，即佛经。印度贝多罗树的叶子用水沤后可以代纸，印度人多用以写佛经。 ③《学》、《庸》：即《大学》、《中庸》两部儒家经典。 ④《道古》：即《道古录》，李贽著，共二卷。收入《李卓吾遗书》。 ⑤《易》：《周易》的简称。儒家重要经典之一。 ⑥ 六十四卦：指《周易》中的六十四卦。卦是象征自然现象和人事变化的一套符号，古时用以占卜吉凶。《易因》：李贽著，共六卷。见《续道藏》。锓（qǐn 寝）：刻。 ⑦ 夫子：指孔子。 ⑧ 释子：僧徒的通称，取佛祖释迦牟尼弟子之意。 ⑨ 道：道统，指传道的系统。 ⑩ 太祖高皇帝：即明太祖朱元璋，明朝开国皇帝。 ⑪《三教品刻》：李贽著。收入《李卓吾遗书》。

夫释子既不可不知，况杨生定见专心致志以学夫子者耶[①]！幸相与勉之！果有定见，则参前倚衡皆见夫子[②]，忠信笃敬行乎蛮貊决矣[③]，而又何患于楚乎[④]？

【翻译】

我从小读儒家经典并不懂得儒家经典，尊崇孔子也不了解孔子有什么值得我尊崇他的，只不过像矮子看戏，跟着别人说好，随声附和罢了。这表明我五十岁以前好比一条狗，因为前面的狗看到人影叫，也就跟着叫，假如问为什么要叫，正好不能回答只能暗自发笑了。五十岁以后，身体很坏快要死了，因为朋友们的劝告，去翻看佛经，有机会能对人生的根本道理有点滴理解，从而再来研究《大学》、《中庸》的要点，知道它们的来龙去脉，写成《道古录》这本书。于是再跟着研究《周易》的人学习《周易》三年，不分白天黑夜地下功夫，又写成分析六十四卦的《易因》这本书出版发行。

---

① 杨定见：李贽门生，麻城（今湖北麻城）人。 ② 参前倚衡：语出《论语·卫灵公》："立则见其参于前也，在舆则见其倚于衡也，夫然后行。"这里指无论处在什么场合。舆，车。衡，车轭，驾车时驾在牲口颈上的曲木。 ③ 蛮貊（mò 陌）：古代对少数民族的泛称。蛮为南方部族，貊为北方部族。这里指边远地区。 ④ 楚：指今湖北、湖南一带。

唉！我现在总算了解我们的孔子了，不再去随声附和了；过去做了矮子，到老来变成高个子了。虽然我的志气是可取的，然而老师和朋友的功劳怎么可以抹杀呢！既然自己认为已经了解了圣人，所以也想和僧徒们共同来了解他，把过去对朋友们的心推及到僧徒们，使他们了解自古以来只有一个道，没有第二个，没有别的，正像明太祖朱元璋在他的集子里所说到的，已经详详细细地记载在我的《三教品刻》这本书里了。

僧徒们既然不可不知道，更何况你杨定见在专心致志地学习孔子呢！希望我们共同勉励！你杨定见果然有定见，那么无论处在什么场合都可以见到孔子，忠实信用、诚恳恭敬可以通行到南北边远地区，还担心什么楚地不能通行呢？

题孔子像于芝佛院

本文选自《续焚书》卷四。万历十三年(1585),李贽从黄安迁居麻城,住到维摩庵。三年后,又搬至龙潭湖旁的芝佛院著书讲学。他在佛堂里挂上了孔子的画像,写下了这一篇尖锐泼辣的讽刺短文。他认为,人们把孔子当成大圣人,而斥老、佛为异端,其实人们并不是出于真正的了解,只不过是人云亦云,结果造成了"万口一词,不可破也;千年一律,不自知也"的局面。

人皆以孔子为大圣，吾亦以为大圣；皆以老、佛为异端①，吾亦以为异端。人人非真知大圣与异端也，以所闻于父师之教者熟也；父师非真知大圣与异端也，以所闻于儒先之教者熟也②；儒先亦非真知大圣与异端也，以孔子有是言也。其曰“圣则吾不能”③，是居谦也。其曰“攻乎异端”④，是必为老与佛也。

儒先亿度而言之⑤，父师沿袭而诵之，小子矇聋而听之⑥。万口一词，不可破也；千年一律，不自知也。不曰“徒诵其言”，而曰“已知其人”；不曰“强不知以为知”，而曰“知之为知之”。至今日，虽有目，无所用矣。

余何人也，敢谓有目？亦从众耳。既从众而圣之，亦从众而事之，是故吾从众事孔子于芝佛之院。

---

① 老：指道家学说。老子即老聃，是道家学说的创始人。佛：佛教。异端：不合正道的学说。 ② 儒先：儒家先辈。 ③“圣则吾不能”：见《孟子·公孙丑上》。孟子引用孔子的话说：“孔子曰：‘圣则吾不能，我学不厌而教不倦也。’”意思是说圣人我是不能达到的。 ④“攻乎异端”：见《论语·为政》。子曰：“攻乎异端，斯害也已。”意思是说攻击不合正道的学说。 ⑤ 亿度（duó 夺）：没有根据的猜测。亿，同“臆”，猜想，揣测。 ⑥ 矇聋：迷糊不清。矇指眼看不见，聋指耳听不见。

【翻译】

人们都认为孔子是大圣人，我也认为他是大圣人；人们都认为道家学说和佛教是邪门歪道，我也认为它们是邪门歪道。但是人们并不真正知道什么是大圣人和邪门歪道，而是因为听熟了父亲和老师的教导；父亲和老师也并不真正知道什么是大圣人和邪门歪道，而是因为听熟了前辈儒家的教导；前辈儒家也并不真正知道什么是大圣人和邪门歪道，而是因为孔子有这样的话。孔子说“圣人我是不能达到的”，就说这是孔子自己谦虚。孔子说“攻击不合正道的学说”，就说这必定是指道家学说和佛教。

前辈儒家主观揣测说的话，父亲和老师就沿袭着传诵下来，后生小子更是迷迷糊糊地盲目听从。大家异口同声认定这是不可改变的；千百年来一直就是这个规矩，自己也弄不清究竟是什么道理。不说“仅仅背诵他的话”，而说“已经了解了他这个人”；不说“不知道的硬要装作知道”，而说“知道就是知道”。到了今天，虽然长了眼睛，也没有用了。

我算什么样的人，敢说自己有眼光？也不过是随大流罢了。既然随大流而尊崇孔子为圣人，也只好随大流恭恭敬敬去侍奉他，因此我也随大流把孔子供奉在芝佛院里。

李卓吾先生遗言

本文选自《续焚书》卷四。万历二十九年(1601),李贽寓居通州马经纶家,修改并完成了他的最后一部著作《九正易因》。第二年,身体越来越坏,草拟了这一篇“遗书”。李贽谈了自己死后的葬事,要求不用棺木,穿圹安魄,身下置芦席,身上横空加椽子,用芦席覆盖其上,然后盖土。这是一个很奇特的安葬办法,带有浓厚的伊斯兰教特色。这又一次表现出李贽反传统思想的特点。写完“遗书”后不久,李贽即被捕,投入通州狱中。他对封建统治阶级的残酷迫害无所畏惧,以自杀抗争,走完了生命的最后历程。李贽去世后,马经纶把他收葬在通州北门外马氏庄迎福寺侧，安葬办法完全遵照李贽遗言。

春来多病，急欲辞世，幸于此辞，落在好朋友之手，此最难事，此予最幸事，尔等不可不知重也。

倘一旦死，急择城外高阜，向南开作一坑，长一丈，宽五尺，深至六尺即止。既如是深，如是宽，如是长矣，然复就中复掘二尺五寸深土，长不过六尺有半，宽不过二尺五寸，以安予魄。既掘深了二尺五寸，则用芦席五张填平其下，而安我其上，此岂有一毫不清净者哉！我心安焉，即为乐土①，勿太俗气，摇动人言，急于好看，以伤我之本心也。虽马诚老能为厚终之具②，然终不如安余心之为愈矣。此是余第一要紧言语。我气已散，即当穿此安魄之坑。

未入坑时，且阁我魄于板上，用余在身衣服即止，不可换新衣等，使我体魄不安。但面上加一掩面，头照旧安枕，而加一白布中单总盖上下，用裹脚布廿字交缠其上。以得力四人平平扶出，待五更初开门时寂寂抬出，

---

① 乐土：安乐的地方。 ② 马诚老：指马经纶。字主一，又字诚所，顺天通州（今北京通州区）人。神宗时曾官御史，后因抗疏被贬斥为民。李贽友人。

到于圹所[1]，即可妆置芦席之上，而板复抬回以还主人矣。既安了体魄，上加二三十根椽子横阁其上。阁了，仍用芦席五张铺于椽子之上，即起放下原土，筑实使平，更加浮土，使可望而知其为卓吾子之魄也。周围栽以树木，墓前立一石碑，题曰："李卓吾先生之墓。"字四尺大，可托焦漪园书之，想彼亦必无吝。

尔等欲守者，须是实心要守。果是实心要守，马爷决有以处尔等[2]，不必尔等惊疑。若实与余不相干，可听其自去。我生时不著亲人相随，没后亦不待亲人看守，此理易明。

幸勿移易我一字一句！二月初五日，卓吾遗言。幸听之！幸听之！

【翻译】

春天以来多病痛，很快就要去世了，庆幸能写下这个遗言，落在好朋友的手里，这是最难的事，也是我最幸运的事，你们不可不知道这事的重要。

假如一旦去世，马上选择城外的高坡，朝南挖一个坑，长一丈，宽五尺，深到六尺就可以了。已经这样深，

---

① 圹(kuàng 旷)所：墓穴，亦即指坟墓。 ② 马爷：指马经纶。

这样宽，这样长了，再在这个坑中挖二尺五寸深土，长不超过六尺半，宽不超过二尺五寸，以安放我的身体。已经挖了二尺五寸深，就用芦席五张在下面填平，把我的身体放在芦席上面，这难道有一丝一毫不清净吗！我放心了，既是安乐的地方，就不要太俗气了，不要为别人的话所动摇，急于求好看，来伤害我本来的愿望。即使马经纶能给我准备丰厚的葬具，也终究不如顺着我的心意来办为好。这是我最最要紧的话。我人一死，就应当马上挖这个安放我身体的坑。

还没有入坑时，把我的身体放在板子上，用我当时穿的衣服就可以了，不要再换新的衣服，使我的身体不安。但脸上要加一个遮盖的东西，头照旧放在枕上，用白布中单把我的全身盖住，再用裹脚布成廿字状缠在上面，派得力的四个人平着扶出，等到五更初开门的时候轻轻地抬出去，到了坟墓，就可把我的身体放在芦席之上，板子再抬回去还给主人。已经放好了我的身体，上面加二三十根椽子横搁在我的身体上。搁好了，仍用芦席五张铺在椽子上，再放进原来挖出的土，捣土使它结实、平整，又加上一点浮土，使别人一看就可以知道这里放了我李卓吾的身体。周围栽上树木，在坟墓前立一块石碑，上面写明是“李卓吾先生之墓”。字要四尺大，可请焦竑来写，想必他是不会推辞的。

你们想要守墓，必须是实心实意要守。果真是实心实意要守，马经纶一定会安排你们的，你们不必惊疑。假如实在与我不相干，可听凭他自己离开。我活着的时候没有亲人相随，死了以后也不需要亲人看守，这道理是最容易明白的。

希望不要改变我这一字一句。二月初五，李卓吾遗言。希望一定听从！希望一定听从！

藏书世纪列传总目前论

本文选自《藏书》。《藏书》六十八卷，是李贽评述历史人物的著作，主要取材于历代“正史”，载录了自春秋战国至元末的历史人物约八百名。李贽按照自己的观点把这些历史人物加以分类，对一些类写了总论，对一些人物、事件和言论写了专论或评语，表达了他进步的政治思想和历史观。此文是写在目录前的总论，也是对全书的一个说明。世纪指帝王、诸侯的传记，列传指大臣、学者和在社会上有影响人物的传记。李贽认为，历史是发展的，世界上没有一成不变的东西，因此他反对机械地学习古人，反对把封建圣人孔子的话当作万古不变的真理，把孔子的是非当作今人的是非。他尖锐地指出，千百年来之所以没有真正的是非，是因为都以孔子的是非为是非。李贽评价历史事件和历史人物的一个基本指导思想是“无以孔夫子之定本行罚赏”，这实际上是对孔子以来儒家宣扬的纲常名教的激烈抨击，表现了他过人的胆识和非凡的勇气，具有积极的意义。

李氏曰：人之是非，初无定质，人之是非人也，亦无定论。无定质，则此是彼非，并育而不相害；无定论，则是此非彼，亦并行而不相悖矣。然则今日之是非，谓予李卓吾一人之是非，可也；谓为千万世大贤大人之公是非，亦可也；谓予颠倒千万世之是非，而复非是予之所非是焉，亦可也。则予之是非，信乎其可矣。

前三代[①]，吾无论矣；后三代，汉、唐、宋是也。中间千百余年，而独无是非者，岂其人无是非哉？咸以孔子之是非为是非，故未尝有是非耳。然则予之是非人也，又安能已！夫是非之争也，如岁时然[②]，昼夜更迭，不相一也。昨日是而今日非矣，今日非而后日又是矣。虽使

① 前三代：指夏、商、周三代。 ② 如岁时然：像一年四季一样。时：四时。

孔夫子复生于今，又不知作如何非是也，而可遽从定本行罚赏哉①？

老来无事，爰览前目②，起自春秋，迄于宋、元，分为纪传③，总类、别目④，用以自怡，名之曰《藏书》。《藏书》者何？言此书但可自怡，不可示人，故名曰《藏书》也。而无奈一二好事朋友，索览不已，予又安能以已邪？但戒曰：览则一任诸君览观，但无以孔夫子之定本行罚赏也，则善矣。

【翻译】

李贽说：人的是非观念，本来没有统一的标准，人们评论一个人的是非，也没有固定不变的结论。没有统一的标准，那么说这个对那个错，都可以同时存在而不相妨害；没有固定不变的结论，那么肯定这个

---

① 遽（jù具）：匆忙、急促。定本：书籍经修订后不再改动的本子。这里指一定的标准。行罚赏：进行褒贬。 ② 爰（yuán元）：于是。前目：以前所写的书稿篇目。 ③ 纪传：指《藏书》中的“世纪”和“列传”。 ④ 总类、别目：《藏书》“世纪”、“列传”两大部分中，又分别分为“总类”和“别目”两种。如“列传”中有“大臣”、“名臣”、“儒臣”、“武臣”、“贼臣”、“亲臣”、“近臣”、“外臣”八种，即是“总类”。“近臣”中有“宦官”、“嬖幸”、“方士”三门，即是“别目”。

否定那个，也可以相提并论而不会冲突。既然这样，把今天的是非，说成我李贽一个人的是非，是可以的；说成是千万年来圣贤大人们共同的是非，也是可以的；说成是我颠倒了千万年来的是非，而又否定我所否定了的东西，同样是可以的。那么我的是非观念，确实是对的了。

夏、商、周三代，我没有什么可说的了；后三代就是汉、唐、宋。中间一千多年，偏偏没有是非，难道是这个时期的人没有是非吗？大家都以孔子的是非作为是非的标准，所以未尝有是非了。既然如此，我评论人的是非，又怎么能不提出来呢！是非不同的争论，像一年四季一样，白天、黑夜更替，是不能一致的。昨天认为是对的，今天却认为是错的了，今天认为是错的，后天又认为是对的了，假如使孔子重生于今天，也不知道他该作怎样的否定了，我们怎么可以匆忙根据一个固定的标准来进行褒贬呢？

年纪老了无事可做，于是翻阅以前所写的书稿篇目，从春秋开始，到宋、元为止，把它分为世纪、列传两大部分，每一部分又分为总类、别目两种，用来自己欣赏，书名叫做《藏书》。为什么叫做《藏书》呢？因为这部书只供自己欣赏，不可拿给别人看，所以把它叫做《藏书》。但是无奈总有一两个好事的朋友，不断地向我索取去阅览，我又怎么能够加以拒绝呢？只能告诫他们说：要看就任你们拿去看，但是不能用孔子的是非标准来进行褒贬，那样就好了。

藏书世纪列传总目后论

本文选自《藏书》。这是写在目录后的总论，是对全书分类编排的一个说明。李贽对历史人物的褒贬，通过分类编排来反映。他称赞所谓的“大臣”、“名臣”，认为他们有真才实学，讽刺“儒臣”“虽名为学而实不知学”，指出他们“不可以治天下国家”。这样的分法，表明了他对儒家的轻视，对宋明道学的不满，具有强烈的批判精神。但是在文中，李贽过分夸大了个人对社会历史治乱的作用，表现出他唯心史观的局限。

李卓吾曰：圣主不世出，贤主不恒有，若皆如汉祖、孝文、孝武之神圣[①]，孝昭、孝宣之严明[②]，则又何患乎其无臣也！唯圣主难逢，而贤主亦难遇，然后大臣之道，斯为美矣，故传大臣。

大臣之道非一，有因时而若无能者，有忍辱而若自污者，有结主而若媚，有客人而若愚，有忠诚而若可欺以罔者，随其资之所及[③]，极其力之所造，皆可以辅危乱而致太平，如诸葛孔明之辅刘禅[④]，可以观矣，非谓必兼全五者，而后足当大臣之名也。

大臣又不可得，于是又思其次。其次则名臣是已，故传名臣。

夫大臣之难遘，亦犹圣主之难遭也。倘得名臣以辅之，亦可以辅幼弱而致富强。然名臣未必知学而实自有学。自儒者出，而求志达道之学兴矣[⑤]，故传儒臣。

儒臣虽名为学而实不知学，往往学步失故，践迹而

① 汉祖、孝文、孝武：指汉高祖、汉文帝、汉武帝。 ② 孝昭、孝宣：指汉昭帝、汉宣帝。 ③ 资：资质，天资。 ④ 诸葛孔明：即诸葛亮，字孔明。三国时蜀汉刘备的丞相。刘禅：三国时蜀汉后主。刘备之子。 ⑤ 求志达道：语出《论语·季氏》："隐居以求其志，行义以达其道。"意为避世隐居来保全他的志向，依理而行来贯彻他的政治主张。

不能造其域[①]，卒为名臣所嗤笑。然其实不可以治天下国家，亦无怪其嗤笑也。

自儒者以文学名为儒，故用武者遂以不文名为武，而文武从此分矣。故传武臣。

夫圣王之王也，居为后先疏附，出为奔走御侮[②]，曷有二也！惟夫子自以尝学俎豆不闻军旅辞卫灵[③]，遂为邯郸之妇所证据[④]，千万世之儒皆为妇人矣，可不悲乎！使曾子、有子若在[⑤]，必知夫子此语即速贫速朽

① 践迹：语出《论语·先进》："子张问善人之道。子曰：'不践迹，亦不入于室。'"意思是追循前人的足迹。 ②"居为后先疏附"二句：语出《诗·大雅·绵》："予曰有疏附，予曰有先后，予曰有奔奏，予曰有御侮。"意为我有贤臣相率来附，有人才参与国政，有良士奔走效力，有猛将克敌制胜。 ③ 尝学俎豆不闻军旅：语出《论语·卫灵公》："卫灵公问陈于孔子。孔子对曰：'俎豆之事，则尝闻之矣；军旅之事，未之学也。'"意为孔子认为自己只懂得祭祀礼仪之事，不懂得军队阵列的知识。俎和豆是古代盛肉食的器皿，行礼时用它，故代表祭祀礼仪之事。卫灵，即卫灵公，卫国国君。公元前534年至前493年在位。 ④ 邯郸之妇：去邯郸学步的妇人。这里比喻学孔子而不成的儒者。 ⑤ 曾子、有子：即曾参、有若。均为孔子门人。曾参以孝行见称。有若笃言慎行。

之语①，非定论也。

武臣之兴，起于危乱；危乱之来，由于嬖宠②；故传亲臣，传近臣，传外臣。外臣者，隐处之臣也。天下乱则贤人隐，故以外臣终焉。

呜呼！受人家国之托者，慎无刻舟求剑③，托名为儒，求治而反以乱，而使世之真才实学，大贤上圣，皆终身空室蓬户已也④，则儒者之不可以治天下国家信矣。若康节先生、明道先生、龟山杨先生⑤，皆儒也，虽曰古之大臣，又谁曰不宜！又谁敢嗤之！作列传。

---

① 速贫速朽之语：语出《礼记·檀弓》："有子问于曾子曰：'问丧于夫子乎？'曰：'闻之矣，丧欲速贫，死欲速朽。'"作者引此语句，说明孔子的话前后不一，因人而异，他的门人也不据为定论，讥讽后儒盲目崇拜。 ② 嬖宠：同嬖幸，指被帝王所宠爱狎昵的人。 ③ 刻舟求剑：典出《吕氏春秋·察今》。比喻固执拘泥，不知变通。 ④ 空室：家无余物。蓬户：编蓬为户，贫者所居。此处指终身贫困，不得志。 ⑤ 康节先生：即邵雍。字尧夫，北宋哲学家。因死后谥康节，故称康节先生。明道先生：即程颢。字伯淳，北宋理学家。他与其弟颐世称二程，是理学奠基人之一。他认为"道"是形而上者，"器"是形而下者，是典型的唯心主义世界观。后人称其为明道先生。龟山杨先生，即杨时，字中立，北宋理学家。曾就学于二程，为程门四大弟子之一。学者称其为龟山先生。

【翻译】

李贽说：圣明的君主不是每代都出现，贤德的君主也不常有，假如都像汉高祖、汉文帝、汉武帝那样神圣，汉昭帝、汉宣帝那样严明，那么又有什么必要担心没有称职的臣子呢！只是圣明的君主难相逢，贤德的君主也难遇见，因此合乎大臣条件的人，就很值得称赞了，所以记载大臣。

合乎大臣条件的人不是都完全一样，有的能顺从时势而好像是没有作为，有的能忍受耻辱而好像在玷污自己，有的能结交君主而好像去谄媚，有的能包容别人而好像很愚笨，有的能忠心诚实而好像受人欺罔，随他们天资所能达到的，竭尽他们力量所能造就的，都可以辅助君主平息危乱而获致太平，比如三国时蜀汉丞相诸葛亮辅助后主刘禅，可以看清楚了，不一定说非要这五样兼全的，然后才可以取得大臣的名称。

大臣也不容易得到，于是只能考虑次一等的，次一等的就是名臣了，所以记载名臣。

大臣是很难遇见的，也好像圣明的君主很难遇见一样。假如能够得到名臣来辅助，也可以辅助君主使弱小的国家富强起来。但是名臣不一定通晓什么典籍而实际上都有真才实学。自从儒生出现以后，求志达道的学问兴起来了，所以记载儒臣。

儒臣以学者自称而实际上却不懂得学问，往往模仿他人而失去故态，踩着前人的脚印走，永远达不到前人的水平，最终被名臣所嗤笑。这样的人实在不能够治理天下国家，所以难怪要被人嗤笑了。

儒生因善长文学被称为儒，所以善长武功的于是因不熟悉文学而被称为武，文臣和武臣从此有了区分，所以记载武臣。

圣明的君主能够称雄天下，在内有贤臣人才出谋划策，参与国政，在外有良士猛将奔走效力，克敌制胜，还有什么别的呢！由于孔子认为自己只懂得祭祀礼仪之事，不懂得军队列阵的知识，所以辞谢了卫灵公的询问，学孔子不成的儒生，像去邯郸学步的妇人以此为借口，千万世的儒生都成了邯郸学步的妇人，难道不感到可悲吗！假使曾参、有若还在，也一定知道孔子这话是因人而异，不能作为定论的。

武臣是在局势危乱中兴起的；而危乱的局势是由于嬖幸得宠而造成的；所以记载亲臣，记载近臣，记载外臣。外臣是隐居在外的臣子。天下大乱，贤明的人就隐居起来，所以把外臣放在最后。

唉！受人家国嘱托的人，切不可像刻舟求剑者那样固执拘泥，托名为儒，想治理好国家反而把国家搞得乱七八糟，从而使得世界上有真才实学的人，贤德圣明的人，都只能终身贫困，不能报效国家，那么儒生不可以治理天下国家是必然无疑的了。但像邵雍、程颢、杨时这样的人，都是儒生，即使把他们推崇为古之大臣，又有谁说不适合呢！又有谁敢嗤笑他们呢！因此作列传。

世纪总论

本文选自《藏书》卷一。这是世纪部分的总论。在这篇文章中,李贽提出了“一治一乱若循环”的观点。他认为历史是“一文一质,一治一乱”的变动过程,但这种变动不是由于“天”的意志,而是社会本身的原因造成的。统治阶级穷奢极侈,于是英雄们起来造反。这种历史观也是唯心主义的,但注重了社会生活,注重了人事关系,所以含有一定的积极因素。特别是针对儒家吹嘘三代是最理想的社会,一切要按照“忠、质、文”的一套去做,李贽发表了不同的见解,是颇有新意的。

李生曰：一治一乱若循环。自战国以来，不知凡几治几乱矣。方其乱也，得保首领①，已为幸矣。幸而治，则一饱而足，更不知其为粗粝也；一睡为安，更不知其是广厦也。此其极质极野无文之时也②，非好野也，其势不得不野。虽至于质野之极，而不自知也。迨子若孙③，则异是矣。耳不闻金鼓之声④，足不履行阵之险，惟知安饱是适而已。则其势不极文固不止也。所谓其作始也简，其将毕也必巨，虽神圣在上，不能反之于质与野也。然文极而天下之乱复起矣，英雄并生，逐鹿不已⑤，虽圣人亦须之尔。

儒者乃以忠、质、文并言，不知何说。又谓以忠易质，以质救文，是尤不根之甚矣。夫人生斯世，惟是质文两者。两者之生，原于治乱。其质也，乱之终而治之始也，乃其中心之不得不质者也，非矫也。其积渐而至于文也，治之极而乱之兆也，乃其中心之不能不文者也，皆忠也。

夫当秦之时，其文极矣，故天下遂大乱而兴汉。汉

---

① 首领：头颈。 ② 质：朴质。野：粗野。文：文采，这里指奢侈的生活。 ③ 迨（dài 怠）：及，到。 ④ 金鼓之声：古代战争，击金则退，击鼓则进，用以助军威，壮声势。金即钟，作战时用。 ⑤ 逐鹿：古代以鹿喻指政权和帝位，逐鹿表示争夺天下。

初，天子不能具钧驷①，虽欲不质可得耶？至于陈陈相因，贯朽粟腐，则自然启武帝大有为之业矣。故汉祖之神圣②，尧以后一人也；文帝之用柔，文王羑里以后一人也③；西楚继蚩尤以兴霸④；孝武绍黄帝以增廓⑤；皆千古大圣，不可轻议。群雄未死，则祸乱不息，乱离未甚，则神圣不生。一文一质，一治一乱，于斯见矣。

【翻译】

李贽说：一治一乱好像是循环一样。自从战国时代以来，不知道总共有几治几乱了。当天下大乱的时候，能够保全性命，就已经是幸运的事了。幸而天下太平，那么能吃饱也就满足了，根本不知道这是粗糙的粮食；能睡下也就安定了，根本不讲究这是大的屋子。这是极其朴质极其粗野没有文采的时代，并不是人们喜欢粗

① 钧驷：毛色纯一的驷马。古代一车套四马为驷。
② 汉祖：汉高祖刘邦。 ③ 文王：周文王姬昌。羑（yǒu 有）里：古城名。一作牖里，故址在今河南汤阴北。商末纣王曾囚西伯（即周文王）于羑里。 ④ 西楚：即西楚霸王项籍。字羽，下相（今江苏宿迁西）人。出身楚贵族。摧毁秦主力入关后，自立为西楚霸王。后与刘邦争天下，败死。蚩尤：传说中东方九黎族首领。后败于黄帝。 ⑤ 孝武：汉武帝刘彻。黄帝：传说中人物。即轩辕氏，炎黄部落联盟首领。

野，而是客观条件使人们不得不过这种粗野的生活。即使到了粗野生活的极点，自己仍不知道。等传到了儿子孙子，那就完全不一样了。他们耳朵听不到战争时击鼓鸣金的声音，脚不经过行军布阵的危险，只知道睡得安吃得饱生活舒适罢了。那么客观条件使他们不到穷奢极侈的地步是不会停止的。所说的开始时必然简朴，发展到后来必然繁巨，即使圣明君主在上，也不能返回到朴质、粗野的时代了。然而奢华到了极点，天下又要乱起来，英雄一个又一个地产生，争夺天下没完没了，就是圣人也只能顺应这个潮流了。

儒家就要求忠、质、文一起实行，不知道为什么这样说。又说用忠来更换质，用质来补救文，这更是无稽之谈。人生在这个世界里，只是质和文这两样。这两样的产生，根源于治和乱。朴质是动乱的终了又是治理的开始，是形势决定不得不朴质，并不是故意要这样。从质朴逐渐变化形成了奢华，治理到了极点又是动乱的征兆，是形势决定不能不为奢华，这都是忠的表现。

在秦朝的时候，奢华到了极点，所以天下于是大乱，汉朝兴起来了。汉朝初年，连皇帝也坐不上用四匹毛色纯一的马拉的车子，即使想不朴质又怎么能办到呢？至于后来钱粮增多。一批又一批堆放，穿钱的绳子朽了，粮食也腐烂了，那就自然开始了汉武帝大有作为的事业。所以汉高祖是圣明的皇帝，是唐尧以后的第一人；汉文帝采取温和的政策，是曾被囚于羑里的周文王以后的第一人；西楚霸王项羽继蚩尤后兴霸业；汉武帝继承黄帝的事业开拓疆土；这些都是千古以来的大圣人，是不可以轻易议论的。各路英雄都还没有死亡，那么祸乱是不会停止的；动乱分裂还没有到极点，那么神圣的人是不会产生的。一文一质和一治一乱的变动过程，从这里可以看到了。

富国名臣总论

本文选自《藏书》卷十七。在这篇文章中，李贽列举事实，说明发展经济对于国计民生的重要性，他期待桑弘羊这样的富国名臣出现，表现出重视功利的经济思想。对于王安石的评价，李贽既认为他不善理财，又认为他高出反对变法的人。总的来说，李贽对于富国名臣给予了充分的肯定和赞扬。

卓吾曰：史迁传货殖[①]，则羞贱贫；书平准[②]，则厌功

① 史迁：即司马迁。货殖：指《史记·货殖列传》。
② 平准：指《史记·平准书》。

利。利固有国者之所讳与。然则太公之九府①，管子之轻重非欤②？夫有国之用与士庶之用，孰大？有国者之贫与士庶之贫，孰急？汉自高帝围于冒顿③，高后辱于嫚书④，文景困于中行说⑤，堂堂天朝，犬戎侮之⑥，至妻以公主而纳之财⑦，犹且不得免也。烽火通甘泉⑧，边城昼警，入粟塞下，募民徙边，积谷屯田⑨，殆无虚岁矣。武帝

---

① 太公：即吕尚、姜尚，字望，一说字子牙。曾助周武王灭商，成王时封于齐。九府：周王朝设立大府、玉府、内府、外府、泉府、天府、职内、职金、职币等九府，都是执掌财货的官。相传为太公所立。 ② 管子：即管仲。轻重：指《管子·轻重篇》。 ③ 冒顿（mò dú 莫毒）：汉代匈奴王名。匈奴是汉代居于我国西北方的少数民族。汉初冒顿率兵攻太原，汉高祖刘邦往击，被围于平城。 ④ 高后：指汉高祖刘邦妻吕后。嫚：同慢，傲慢、侮辱的意思。嫚书指匈奴王冒顿写给吕后的书信，内有调笑她的话。 ⑤ 文景：指汉文帝和汉景帝。中行说（yuè 悦）：人名。文帝以宗室女嫁给匈奴王为妻，派遣中行说为使者护送。中行说留居塞外，在文帝、景帝时，多次唆使匈奴王出兵攻汉，掠取财货。 ⑥ 犬戎：商、周时居于我国西北方的少数民族。此处比作匈奴。 ⑦ 妻以公主：汉代多次和匈奴“和亲”，即以宗室女作为汉帝的女儿出嫁匈奴王。

⑧ 烽火：指烽火台。汉代于边境多筑高台，设有守候人，侦得敌寇来临，即燃火报警。甘泉：即甘泉宫，在陕西淳化甘泉山上。此处指宫庭。 ⑨ 屯田：屯守边境的士卒，除守卫外，还治水种田，作长久的制敌计划，称为屯田。这是汉代的一项政策，赵充国曾上书武帝言屯田有十二便。

固大有为不世出之主也，于此肯但已乎！

今夫富者，力本业出粟帛以给公上。贫者，作什器出力役以佐国用，助征戍，是所益于国者大也。独有富商大贾，羡天子山海陵泽之利，以自比于列侯都君①，而不以佐国家之急，果何说乎？设使国家无此，固无损也。夫有之未尝益，则无之自无损，此桑弘羊均输之法②，所以为国家大业，制四海安边足用之本，不可废也。且其初亦非有意尽夺之也，既拜爵以劝之矣，又大封赐卜式以夸耀风厉之矣③。而商贾终不听也，故重征商税，使之无利自止，然后县官自为之耳④。又于京师置平准以平物价⑤，使之不至腾跃，而后买贱卖贵者，无所售其赢利，其势自止，不待刑驱而势禁之也。弘羊既有心计，又能用人。其所用者，前有爵赏之劝，后有诛罚之威，是以铢

---

① 列侯：指诸侯。都君：指国君。 ② 桑弘羊：西汉大臣。武帝时任治粟都尉，领大司农，积极推行重农抑商政策，坚持将冶铁、煮盐等收归官营，并设立平准、均输机构控制全国商品，平抑物价。昭帝即位后辅政，任御史大夫。均输之法：设置均输官主管各地物产的互通有无，相互灌输，防止商人囤积居奇，投机牟利。 ③ 卜式：汉武帝时人。曾上书武帝说："愿输家财半，助边。"武帝封赐卜式官爵、田地，鼓励其他豪富效法卜式。 ④ 县官：指封建朝廷。 ⑤ 平准：汉代大司农属官有平准令丞。以均天下租税、钱谷的输敛，粮贵则出粜，贱则入籴，以求稳定粮价。

两之利，尽入朝廷，奸吏无所措其手足。不待加赋，而国用自足，太仓甘泉①，一岁皆满。边余谷，赏赐日以钜万，皆取足大农②，大农财帛，盈溢如故也。武帝之雄才如何哉，甚矣！孝武之未可以轻议也。

宋之王安石③，吾不知何如人者，乃亦欲效之，可乎？夫安石不知其才之不能，而冒焉遽以天下之重自任。议者不以其才之不足以生财④，而反咎其欲以夺民之财，则其所见又在安石下矣。夫安石之遇神宗⑤，犹夷吾之于齐⑥，商君之于秦也⑦，言听而计从之矣。然夷吾之行，迨二百余年以至威、宣⑧，犹享其利；商君相秦，不过十年，能使秦立致富强，成帝业者。乃安石欲益反损，欲强反弱，使神宗大有为之志，反成纷更不振之弊，胡为也

---

① 太仓：京城粮食的仓库。 ② 大农：即大司农。汉代官名，为九卿之一。掌管租税、钱谷和国家财政收支。 ③ 王安石：北宋政治家。字介甫，号半山，抚州临川（今江西临川）人。神宗时任宰相，积极进行变法，先后推行农田水利、青苗、均输、保甲、免役、市易等法。后遭司马光等守旧派反对，新法失败。 ④ 议者：指司马光等守旧派。 ⑤ 神宗：即宋神宗赵顼。公元1068年至1085年在位。 ⑥ 夷吾：即管仲。 ⑦ 商君：即商鞅、公孙鞅，战国时政治家。卫国人。秦孝公下令求贤，他应召入秦，主持变法改革，使秦得以富强。后以功封于商，号为商君。 ⑧ 威、宣：指齐威王、齐宣王，均是战国时齐国国君。

哉！是非生财之罪也，不知所以生财之罪也。呜呼，桑弘羊者，不可少也。

【翻译】

李贽说：司马迁写了《货殖列传》，用来羞辱贫贱；写了《平准书》，用来厌恶贪功利。利益本来是国家统治者所忌讳的。既然如此，那么姜太公为周王朝设立九府，管仲讲物有轻重之分，难道就不对了吗？国家统治者需用和老百姓需用，哪一个更重要？国家统治者贫穷和老百姓贫穷，哪一个更危急？汉朝自从高祖刘邦被匈奴王冒顿包围于平城，吕后被匈奴王写信调笑羞辱，文帝、景帝被中行说所困迫，堂堂的汉王朝，连匈奴这样的少数民族也能欺侮他，一直到把宗室女嫁给匈奴王，赠送他们很多财物，仍然不能免受匈奴的侵略。烽火报警直通甘泉宫，边城白天始终加强防备，把粮食送到要塞，招募百姓迁往边境，积蓄粮食，屯田垦荒，几乎没有空余的时候了。汉武帝本来是一个大有作为的不是每个朝代都能产生的皇帝，对于这样的局面肯作罢吗！

现在富人，从事农业生产把粮食、布帛供给朝廷。穷人，制作各种器物出劳力以佐助国家的需用，帮助出征、守卫的士兵，这对于国家的益处是很大的。独独有富裕的商人，贪图天子山海池湖的利益，把自己比作是诸侯、国君，而不去佐助国家的急用，究竟有什么理由呢？假如国家没有这样的人，本来是没有损害的。有了没有得到益处，那么没有也自然没什么损害，这就是桑弘羊实施均输法，是为了国家大业，为了控制四方、安定边境、富足兴旺这个根本，是不可以废弃的。况且他开始时也并不是有意要完全夺取他们的财富，既授予爵位给以劝勉，又大力封赐卜式，用以夸耀鼓励他们。但是这些富裕的商人始终听不进去，所以要加重征收商税，使他们无利可图自动停止，然后封建朝廷自己来经营。又在京城设立平准官以稳定物价，使物价不至于上涨，而后贱买贵卖的商人，得不到什么赢利，也就自然停止了，不需要用刑法驱使他们停止，而情势就足以禁止他们。桑弘羊既有心计，又善于用人。他所用的方法，先有赏赐爵位的劝勉，后有刑法诛罚的威严，所以细小的利益，也全部归于朝廷，邪恶的官吏要想做坏事也做不成。不用加重赋税、而国家的需用已经充足，京城粮仓和甘泉官，一年都装满了。边境有剩余的粮食，赏赐每天成千上万，都由大司农开支，大司农掌管的财物，多得仍像没有支出一样。汉武帝的雄才大略怎么样，到了极点了！所以汉武帝是不可以轻易议论的。

宋朝的王安石，我不知道他是怎么样的人，也想效法他，可以吗？王安石不知道自己才能不行，冒冒失失，骤然承担天下重任。议论他的人不认为王安石是由于才能不行所以无法给国家增加财富，反而归罪于他想夺取百姓的财富，那么他们的识见又在王安石之下了。王安石有幸生在宋神宗时，好像管仲在齐国，商鞅在秦国一样，宋神宗对他是言听计从。然而管仲在齐国的改革，经过二百年一直到齐威王、齐宣王时，依然享用着改革的利益；商鞅在秦国为相，不过十年时间，能够使得秦国立即变得富强，成就了帝业。王安石变法想要使国家有益反而受到损害，想要使国家富强反而变得弱小，使得宋神宗大有作为的志向，反而成为纷乱不振的弊端，为什么会这样！这不是要增加财富的罪过，是不知道怎样增加财富的罪过。唉，像桑弘羊这样善于理财的人，是不可以缺少的。

德业儒臣前论

本文选自《藏书》卷三十二。李贽于“大臣传”、“名臣传”后列“儒臣传”，认为儒臣不如名臣，名臣不如大臣。这种分法是寓有褒贬的。他把儒臣分成德行、文学、史学、数学、经学、艺学六门，德行门又分为“德业儒臣”和“行业儒臣”两类。在这篇文章中，李贽把矛头集中指向了宋以来的道学家所宣扬的“道统论”，他认为“人无不载道”，绝不是只有圣人才能获得它。作者有力批驳了他们“道有绝续”的谬论，明确提出“道无绝续，人具只眼”的进步观点，反映了他强烈的思想倾向和战斗精神。

李生曰：道之在人，犹水之在地也；人之求道，犹之掘地而求水也。然则水无不在地，人无不载道也审矣，而谓水有不流，道有不传，可乎？顾掘地者，或弃井而逃，或自甘于溷浊咸苦①，终身不见甘泉而遂止者有之，然而得泉者亦已众矣。彼谓"轲之死不得其传"者②，真大谬也。惟此言出，而后宋人直以濂、洛、关、闽接孟氏之传③，谓为知言云。

吁！自秦而汉而唐而后至于宋，中间历晋以及五代，无虑千数百年，若谓地尽不泉，则人皆渴死久矣；若谓人尽不得道，则人道天矣，何以能长世也？终遂泯没不见，混沌灭闻④，直待有宋而始开辟而后可也。何宋室愈以不竞，奄奄如垂绝之人⑤，而反不如彼之失传者哉？好自尊大标帜，而不知其诟诬，亦太甚矣！今夫造为谤言，诬陷一家者，其罪诛。今以一语而诬千百载之君臣，非特其民无道，其臣无道，其君亦且无道，一言而千古之

---

① 溷(hùn 混)：肮脏。 ②"轲之死不得其传"：语出韩愈《原道》："轲之死，不得其传焉。"意为孟轲死后道就没有传下来了。 ③ 濂、洛、关、闽：濂为濂溪周敦颐，洛为洛阳程颢、程颐兄弟，关为关中张载，闽为闽中朱熹。他们都是宋朝著名理学家。孟氏：指战国时思想家孟轲，儒家代表人物。④ 混沌：世界没有开辟，也指人无知无识的样子。 ⑤ 垂绝之人：指快要死去的人。

君臣皆不免于不道之诛，诬罔若此，有圣王出，反坐之刑①，当如何也？而可轻易若此矣乎？

晚年多暇，意欲一洗千古之谤，而力不能致全书。又老来好书，目力既竭，计有行游四方，就正有道，日闻所不闻，庶几快之；而筋力衰矣，出门复难，就正未易。噫！耳目无功，闻见自狭，予虽欲尚论古人②，以知其世，何可得也！姑即平生所知者录而别之③，目为有德之儒，虽师友渊源莫详次第，而仅存什一，要当知道无绝续，人具只眼云耳。

【翻译】

李贽说：道在人的身上，就好像水在地下一样；人们去认识道、掌握道，也好像掘地取水一样。既然如此，水没有不在地下的，人也没有不接触道的，就很清楚明白了，而说水有不流的，道有不传的，可以吗？看那些掘地的人，有的人舍弃水井跑掉，有的人甘心于肮脏浑浊又咸又苦的水，一辈子没有见到甘甜的泉水而中止了，然而掘得泉水的也大有人在。韩愈说"孟子死后道就没有

---

① 反坐：诬告者所受的刑罚。 ② 尚论：即上论，评论过去。 ③ 别之：把它分门别类。如德行门分为"德业儒臣"和"行业儒臣"两类。

传下来”，真是大错特错了。正因为有这样的说法，后来宋朝人把周敦颐、程颢、程颐、张载、朱熹看作是接传孟子的，称韩愈有见识。

唉！从秦到汉到唐而一直到宋，中间经过了晋以及五代，大约一千几百年，假如说地下都没有泉水，那么人都渴死很久了；假如说人们都没有得到道，那么人道就灭绝了，怎么能够长久存在呢？道最终泯没失传，人昏头昏脑，无知无识，一直到宋朝才开辟出道，而后就可以了。为什么宋朝更加不振，气息奄奄像快要死去的人，反而远远不如那些被认为道已失传了的朝代呢？喜好自尊自大自我标榜，而不知这是辱骂诬蔑前代，也太过分了！现在制造诽谤言论，诬陷一家人，他的罪该当杀头。现在用这话诬陷千百年的君臣，不只是人民没有道，大臣没有道，君王也没有道，这样说起来千百年的君臣都应该因为没有道而受到责罚了。诬陷虚妄到这种程度，圣王出世，诬陷者该受的反坐罪，当如何呢？怎么可以如此轻率呢？

年纪大了多闲空，想要彻底洗刷掉这千古的诽谤，但是力量不足不能全部写出来。人老了喜好图书，眼睛不行了，打算到四面八方去走走，请求有道的人指正，每天听到过去没有听到的事，大概是很快乐的；但是精力已经衰弱了，出门困难，向别人请教不容易。唉！耳朵、眼睛不行，所见所闻自然狭窄，我虽然想要评论古代的人，来了解那个时代的情况，怎么能实现呢！姑且就平生所知道的记录下来把他们分门别类，称为有道德的儒臣，虽然老师、朋友的渊源流派先后次第不太清楚，记下来的也只有十分之一，总之应当知道道不会有时失传有时接续，每个人都应该有自己独立的见解罢了。

德业儒臣后论

本文选自《藏书》卷三十二。在这篇文章中，李贽提出了“人必有私”的看法，把它与传统的功利说结合起来，以虞舜、姜太公、周公、孔子直到汉文帝、汉武帝等历史人物追求功利的事实作为根据，批驳儒家特别是宋明道学家反对私欲、反对功利的说教。与此同时，李贽还大力倡导事功，认为功利之心是人们从事社会活动的动力，不可除也除不掉，“无私”之说不过是“画饼之谈，观场之见”，混淆视听，无益于事。他主张人人都要大有作为，做出“一段光明俊伟之业”。这种看法有一定的进步性，在一定程度上反映了资本主义萌芽时期的启蒙思想，代表了当时新兴的工商业者和不享有特权的中下层地主要求生存和发展的愿望。

李生曰：圣人之学，无为而成者也[1]；然今之言无为者，不过曰无心焉耳[2]。夫既谓之心矣，何可言无也？既谓之为矣，又安有无心之为乎？农无心，则田必芜；工无心，则器必窳[3]；学者无心，则业必废。无心安可得也？

解者又曰："所谓无心，无私心耳，非真无心也。"夫私者，人之心也。人必有私，而后其心乃见；若无私，则无心矣。如服田者私有秋之获[4]，而后治田必力；居家者私积仓之获，而后治家必力；为学者私进取之获，而后举业之治也必力。故官人而不私以禄，则虽召之，必不来矣；苟无高爵，则虽劝之，必不至矣；虽有孔子之圣，苟无司寇之任[5]，相事之摄[6]，必不能一日安其身于鲁也决

① 无为而成：见《礼记·中庸》："不见而章，不动而变，无为而成。"意为无所作为而能自然成功。 ② 无心：见程颢《答横渠先生定性书》："夫天地之常，以其心普万物而无心；圣人之常，以其情顺万物而无情。"无心指无功利之心。 ③ 窳（yǔ 雨）：粗劣。 ④ 私有秋之获：语出《尚书·盘庚》："若农服田力穑，乃亦有秋。"意为怀有必定收获的私心。 ⑤ 司寇：官名。西周始置，掌管刑狱、纠察等事。 ⑥ 相事之摄：代理国相的职务。孔子曾由大司寇行摄相事。

矣。此自然之理，必至之符①，非可以架空而臆说也。然则为无私之说者，皆画饼之谈②，观场之见，但令隔墙好听，不管脚跟虚实，无益于事，只乱聪耳，不足采也。

故继此而董仲舒有正义明道之训焉，张敬夫有圣学无所为而为之论焉③。夫欲正义，是利之也；若不谋利，不正可矣。吾道苟明，则吾之功毕矣；若不计功，道又何时而可明也？今曰圣学无所为，既无所为矣，又何以为圣为乎？夫子曰"仁者先难而后获"④，言先其难者，其后当自获，非谓全不求获，全无所为而率尔冒为之也，此孔子所以责夫言不顾行⑤，而欲先行其言者以此⑥。盖先行其言，则自无不根之言。由此观之，以无心及无私心尚论无为之学者，皆不根之论，未尝先行之故耳。

吾以为羲黄以前⑦，未暇论矣；自舜以下，要皆有为

---

① 符：符信、凭信。必至之符：必定传到的凭信。有证据实在的意思。 ② 画饼之谈：是说画饼不能充饥，只是空话。 ③ 张敬夫：即张栻，字敬夫，南宋理学家。他认为："无所为者，天理，义之公也；有所为者，人欲，利之私也。"见《南轩文集·汉家杂伯》。 ④"仁者先难而后获"：见《论语·雍也》。意为有仁德的人先付出一定的力量，然后有收获。 ⑤ 言不顾行：见《孟子·尽心下》。言语不能和行为相照应，即言行不一致，说的话不兑现。 ⑥ 先行其言：见《论语·为政》。"子贡问君子。子曰：'先行其言而后从之。'"意为先把要说的话实行起来。 ⑦ 羲黄：伏羲、黄帝。

之圣人也，太公之富强[1]，周公之礼乐[2]，注措虽异，有为均也。孔子梦寐周公[3]，故相鲁三月而礼教大行，虽非黄唐以前之无为[4]，独非大圣人之所作为与？安在乎必于无为而后可耶？但学者不知如何为有为，又如何为无为耳，是故往往以大有为之资而不肯自竭其力，反虑人之疑其为富强功利也。或真得无为之旨，又不能坚忍不用之术，辄为有为之业所忻艳焉。以故学不成章，无由而达；志不归一，终难成事，则自汉文、汉武而后[5]，大抵如此矣。

夫汉文，无为之圣人也，自以其身同于含哺鼓腹之民[6]，而以其可为必为者以付景、武[7]，虽语之有为，如风过耳[8]。然则贾生虽一痛哭、二流涕、六太息何益乎[9]！

---

① 太公：即姜尚，字望，一说字子牙。辅助武王灭商，建立周朝。 ② 周公：西周初政治家。文王第四子，武王弟，名旦。成王时摄理政事，制礼作乐，建立各项典章制度。
③ 孔子梦寐周公：语出《论语·述而》："子曰：'甚矣吾衰也！久矣吾不复梦见周公！'" ④ 黄唐：黄帝、唐尧。 ⑤ 汉文、汉武：汉文帝、汉武帝。 ⑥ 含哺鼓腹之民：语出《庄子·马蹄》："夫赫胥氏之时，民居不知所为，行不知所之，含哺而熙，鼓腹而游，民能以此矣。"意为上古时代浑沌素朴的人民。赫胥氏，传说中的上古帝王。 ⑦ 景、武：汉景帝、汉武帝。 ⑧ 如风过耳：听不进去，当耳边风。 ⑨ 贾生：指贾谊。

故使汲长孺而当孝文之世①，则清净寡欲，固鱼水之欢也②；使贾生生孝武之朝，则三表五饵之策③，朝进而夕拜爵矣。何者？孝武帝乃大有为之圣人也，当其时，拓地几二万余里，视汉高所遗④，不啻倍之，虽民劳财伤，骚然称费，精力亦几竭矣。然历昭、宣以及元、成、哀、平⑤，百二十余年，边城不闭，兵车不用，虽抱孺子于天下之上，而单于且稽颡来朝矣⑥。盖至于易姓更主，而百姓犹案堵如故者⑦，然后知其为孝武之赐而不自知也。截长补短，其利百倍，有为之功业亦大矣！而又何用相羡乎！

然则今者人人固自有一段光明俊伟之业也，第牵于意见，狃于成说⑧，必欲补缀傅会⑨，勉强凑合，以求万全，免讥毁，是以终于无成，有为无为皆不可焉耳。

---

① 汲长孺：即汲黯。西汉武帝时大臣。字长孺，在任轻刑简政，有黄老遗风。 ② 鱼水之欢：典出《三国志·诸葛亮传》。刘备云："孤之有孔明，犹鱼之有水也。"比喻君臣相得。 ③ 三表五饵之策：语出《汉书·贾谊传赞》："及欲试属国，施五饵三表以系单于。" ④ 汉高：汉高祖。 ⑤ 昭、宣、元、成、哀、平：汉昭帝、汉宣帝、汉元帝、汉成帝、汉哀帝、汉平帝。 ⑥ 单于且稽颡（sǎng 嗓）来朝：语出《汉书·匈奴传赞》："然后单于稽首臣服，遣子入侍，三世称藩，宾于汉庭。"单于：匈奴称其君主为单于。稽颡：稽首臣服之意。 ⑦ 案堵：即"安堵"，安居的意思。 ⑧ 狃（niǔ 纽）：习惯。 ⑨ 傅会：同"附会"。把没有联系的事说成有联系。

【翻译】

李贽说：圣人的学问，是无所作为而能自然成功；但是现在说无为的人，不过是讲无心罢了。既然已经讲了心，怎么能够说无呢？既然已经讲了为，又怎么能有无心之为呢？种田的人没有心，那么农田一定荒芜；做工的人没有心，那么器物一定粗劣；学习的人没有心，那么学业一定废弃。没有心怎么能够达到目的呢？

解释的人又说："所谓没有心，是讲没有私心而已，并不是真正的没有心。"私就是人的心。每个人都有私，然后他的心才能显现；假如没有私，也就没有心了。比如种田的人因为怀着要得到丰收的私心，然后耕田才有劲头；居家过日子的人因为怀着积聚财物的私心，然后管理家务才有劲头；求学的人因为怀着谋取高官厚禄的私心，然后做学问才肯下功夫。所以使人做官，假如不用厚禄来满足他的私心，那么虽然召唤他，他也不会来的；假如不给他以高位，那么虽然劝勉他，他也不会到的；就说孔子这样的圣人吧，假如不让他担任鲁国的司寇，并代理国相的职务，可以肯定，他连一天也不愿意留在鲁国。这是自然的道理，实在的证据，不能够架空而论，想当然地随便说说。既然如此，说人没有私心的人，都是讲空话，随声附和，像画饼不能充饥，矮子看不到戏一样，只是使得隔壁好听，不管脚跟虚实，对事情没有一点好处，只能混淆视听，毫无可取的地方。

所以继承这种观点的董仲舒有正义、明道的教诲，张栻有圣学无所为而为的言论。想要正义，是私利驱使的；假如不想谋得私利，不正也就可以了。只要道明了，那么我的功利也就完成了；假如不想计较功利，道又什么时候才能显明呢？现在说圣学无所作为，既然已经无所作为了，又怎么能够成为圣人呢？孔子说："有仁德的人先付出一定的力量，然后有收获。"这是讲先付出一定的力量，然后才能有收获，并不是讲完全不求收获，完全无所作为而轻率、冒失地去做，这是孔子所以责备言行不一致，而是想先把要说的话实行起来，原因就在这里。因为先把要说的话实行起来，那就自然不是没有根据的话。从这里可以看出，用没有心和没有私心来自夸无所作为的学问，都是没有根据的说法，都是不曾先实行起来的原故罢了。

我以为伏羲、黄帝以前，没有空闲来论说了，从虞舜以下，应该都是有所作为的圣人了。姜太公辅助武王建立富强的周朝，周公旦制礼作乐，措施虽然不同，有所作为是相同的。孔子梦见周公旦，所以在鲁国代理国相三个月而礼教大盛，虽然不是黄帝、唐尧以前的无为而治，难道不是大圣人的有所作为吗？为什么一定要无所作为然后才可以呢？只是学者不知道如何是有所作为，又如何是无所作为，所以往往有大有作为的天资而不肯用尽自己的力量，反而忧虑别人怀疑他是为了富强、为了功利。有的人真正得到了无所作为的旨意，却没有坚忍不用的方法，常常羡慕有所作为的事业。因此，学问不成条理，没有因由可以到达；志向不专一，终难成就大事，那么从汉文帝、汉武帝以后，大致是如此了。

汉文帝是无为而治的圣人，自认为其身同于赫胥氏时代的浑沌素朴的人民，而把他可以做的一定要做的传给汉景帝、汉武帝，即使对他讲有所作为，也当耳边风，听不进去。既然如此，那么贾谊即使痛哭、流涕、叹息多次又有什么用呢！所以如果让汲黯生在汉文帝的时候，那么他清静少欲，与汉文帝君臣相得，像鱼在水中一样欢乐；如果让贾谊生在汉武帝的时候，那么他笼络匈奴的表策，早晨送入而傍晚就可以拜爵了。为什么呢？因为汉武帝是大有作为的圣人，那个时候，开拓疆土达二万多里，和汉高祖时留下来的相比，不止增加了一倍，虽然人民辛劳，财物减少，国家骚动，花费很大，精力也几乎耗尽了。然而经历了汉昭帝、汉宣帝以及汉元帝、汉成帝、汉哀帝、汉平帝，一百二十多年，边城不关闭，兵车不动用，即使抱着孺子坐享天下，匈奴的单于也稽首臣服来朝拜了。一直到改朝换代，而老百姓依然安居像原来的样子，然后才知道这是汉武帝大有作为所赐予的结果而原来还不明白。切断长的以补短的，获得的利有一百倍，有所作为的功业真是大得很，又有什么需要羡慕的呢！

既然如此，那么现在人人本来就应该有一段光明俊伟的事业，但是他们受着老传统的束缚，习惯于陈旧的说法，一定要补补缝缝，牵强附会，勉强凑合，来求得万全，免于遭受别人的讥笑、毁谤，所以最终是一事无成，有所作为和无所作为都不能做到了。

《古代文史名著选译丛书》编纂始末①

马樟根　安平秋

今年1月,《古代文史名著选译丛书》已经出到100种101册(其中《史记》为2册)。4月份,最后的33种也已交稿。这样,全书133种即将呈献在读者面前。② 一项服务当前、造福子孙的普及优秀古代文化、进行爱国教育的大工程将宣告完工了。回想

①《古代文史名著选译丛书》由全国高校古籍整理研究工作委员会主持,古委会直接联系的18个古籍整理研究所为主要承担机构,章培恒、安平秋、马樟根任主编。本文于1992年4月,在《中国典籍与文化》杂志发表时题目是《衣带渐宽终不悔——〈古代文史名著选译丛书〉编纂始末》。这次将此文作为2011年修订版附录时,去掉原正标题,以原副标题为正式题目。 ② 至1994年4月最后定稿时,全书为135部。2011年修订版出版时,全书为134部。

这一套丛书动员18所院校，投入100余人，从1985年筹划，1986年起步，到今天已度过了六七年的岁月，个中甘辛令人难以忘怀。

一、北大·苏州·北大

——酝酿与筹划

编纂这样一套丛书，起因于1981年7月。当时陈云同志派人到北京大学召开了小型座谈会。来人告诉与会人员陈云同志最近在考虑两个问题：一个是粮食，一个是古籍整理。对古籍整理，特别讲到陈云同志说："整理古籍，为了让更多的人看得懂，仅作标点、注释、校勘、训诂还不够，要有今译，争取做到能读报纸的人多数都能看懂。有了今译，年轻人看得懂，觉得有意思，才会有兴趣去阅读。今译要经过选择，要列出一个精选的古籍今译的目录，不要贪多。"这就是后来收入《陈云文选》的那段话。1981年9月，中共中央关于整理我国古籍的文件中一字不差地强调了这段话。1983年，教育部成立了全国高校古籍整理研究工作委员会(简称古委会)。古委会主任周林同志根据中央和陈云同志意见，提出了组织力量今译古籍。但在当时，经过"文革”后的古籍整理工作百废待兴，加之一些学者对今译重要性的认识远非今日之深，这一工作一拖便是两年。

1985年5月，全国高校古委会在苏州召开了一届二次会议。周林同志在会上作了“人才培养和古代文化遗产普及问题”的专题发言，他分析了“解放三十多年来，由于‘左’的路线干扰，特别是‘文化大革命’，几乎使我们的民族文化到了中断的边缘，出现了对古代文化知之不多，或知之甚少的状况”，要教育界的同志“做好普及古代文化知识的工作”，搞好古籍的今注今译就是其中的一项重要任务，“高校古委会要在这方面多下功夫”，“高校古籍研究所无疑应担负起这个任务”。他针对当时一些人轻视古籍的今注今译思想，呼吁“我们对于选本、今译等有利于教育普及的东西，应承认它的学术价值”，“《昭明文选》、《唐诗三百首》、《古文观止》等是地道的选本，流传几百年，发生那么大的影响，能说没有水平？”“专家们深入浅出的在对古文献研究基础上的译注，对普及古代优秀文化作出重大贡献，算不算高水平的成果呢？”“古文既要译得恰当、准确，又要通畅易懂，难度是很大的”，“为了社会主义精神文明建设，古籍整理这方面也要作出应有的贡献”。一石激浪，沉寂了几年的今译古籍的话题又重新活跃起来。会上作了一番认真讨论。

经过这样的酝酿，1985 年 7 月，全国高校古委会科研项目评审组的专家们聚集在北京大学勺园，筹划编纂一套古籍今译的精选本。初步定名为《古籍今译丛书》，议定了收书范围、内容，开列了 65 种书的选目。并决定由科研项目专家评审组召集人、复旦大学古籍所所长章培恒教授和参加过陈云同志在北大召开座谈会、当时古委会主管科研工作的副秘书长安平秋同志共同负责，与秘书处同志一起具体筹划。经几个月的筹备，决定由古委会直接联系的 18 个高校古籍研究所承担这一工作，组成编委会，并开列出 89 种书的选目，对选译的进度、规划亦作了设计。此时，几家出版社闻讯而至，表示愿意出版这套丛书。最早与我们联系的巴蜀书社的段文桂社长以其强烈的事业心和对古籍今译的高度重视感动了我们，于是决定邀请巴蜀书社编辑参加第一次编委会议。

二、从柳浪闻莺到桂子山上

——第一批书稿的产生

第一次编委会于 1986 年 5 月在杭州柳莺宾馆

召开。宾馆因位于西湖十景之一的柳浪闻莺而得名。全国高校18个研究所的24名学者和有关人员聚集在这风景胜地,无心观柳,亦无从闻莺,紧张地工作了三天。会上确定了这套普及读物的读者对象是具有中等以上文化程度的广大群众,收书范围是中国历代文史名著,在名著之中选精。所选书目,在原拟89种基础上,调整为116种,以形成系统性。书中选篇之下分提示、原文、今译、注释四部分,以译文为主,书前有一前言,书中加入必要的插图。每一种书约10—15万字。书名确定为《古代文史名著选译丛书》。即由到会的24位学者组成丛书编委会[①],由章培恒、马樟根、安平秋三人任主编。于是,编委会立即分成三个工作小组,在会上分头拟出丛书《凡例》、《编写、审稿要求》和《文稿书写格式》,经讨论修改而形成了正式文字以供遵循。在

① 编委会成员按姓氏笔划排列为:
马樟根 平慧善 安平秋 刘烈茂 许嘉璐 李国祥
金开诚 周勋初 宗福邦 段文桂 董治安 倪其心
黄永年 章培恒 曾枣庄(以上为常务编委)
王达津 吕绍纲 刘仁清 刘乾先 李运益 杨金鼎
曹亦冰 常绍温 裴汝诚(以上为编委)

自报的前提下，会上确定了由18个研究所承担前40部书的今译任务，要求当年年底完成。古委会主任、丛书顾问周林同志对编委会的认真精神、紧张工作和显著效率十分赞赏，他说："有这样一个编委会，有这样一个阵容来做选译，使中国历史文化不成为专属于少数人的知识，使能看报纸的人都读懂自己民族的名著，从而树立爱国主义、建设有民族特色的精神文明，其意义之深远将会在今后愈益显露出来。"于是，有1000余万字的大工程便从这里开始了。

当年年底各研究所的今译书稿经作者完成后，由在该所的编委审改，到1987年5月和7月，先后在复旦大学、北京大学两次召开编委审稿会。这种审稿会，说是审稿，实际上是边审边改，字斟句酌，每部书稿必须经一位编委、一位常务编委审改把关，经过这样两道工序，汇总到主编手中，40部书稿通过了25部。其中部分书稿赶印了样稿征求意见。于是周林同志于7月6日在北大临湖轩邀请了在京十几位专家与正在审稿的编委一起研究样稿，探讨如何提高这套今译丛书的质量。

根据编委审稿发现的问题和在京专家们的意

见，从书亟需在已定体例的框架中条列细则；而出版单位巴蜀书社又希望所出版的第一批书为50种以便形成格局，需要布置各研究所承担新的今译任务。这样，1987年10月在华中师范大学再次召开了编委会，又请了詹锳、周振甫、刘乃和、郭预衡等先生到会指导。

这次编委会是在审看了40部书稿后，发现了一大批问题亟待解决，又是在需要布置下一步任务的状况下召开的，是一次承上启下的编委会。会议初期人们的心情和会上的气氛都带有一股子严峻与急切。会议从5日到8日开了三天半。但是在4日晚上开预备会的时候，主编章培恒先生尚未到会，亦无他是否已从上海出发的信息。5日上午就要开会了，主编不到怎么行呢？5日一早，我们还在沉睡之中，忽听有人敲门，进来的竟是章培恒！一向风神儒雅、衣装考究的章培恒先生，此时却是一身尘灰、满脸疲惫地站在我们面前。原来他从上海出发前，未能买到机票或船票，而上海到武汉又没有直达火车，只好先从上海坐火车到长沙，为了不误5日上午开会，他只好买了一张无座票，夜间从长沙出发一直站到武昌。一向走路辨不清方向的章培恒竟然在夜色未退之前一人从车站摸到了华中师大专家楼，也算是奇迹。

这次编委会，从体例的具体要求、书中选篇是否合适、每篇中的提示如何写、注释的繁简和语言的通俗性，到今译的信达雅如何把握，例如李白的“床前明月光，疑是地上霜，举头望明月，低头思故乡”这样通俗的诗是否要翻译，在在都有热烈的争论。感谢编委们的努力和学术判断力，最后终于形成了一个《细则》，一切争论都统一在这个《细则》之上。编委们在思想明确、分得新的任务之后，显出了少有的轻松与喜悦。会议结束正逢中秋节，华中师大的专家楼坐落在武昌桂子山上。入夜，桂子山上举行了赏月茶会，几张方桌，围坐着全体编委和特邀到会专家。天上明月如盘，清辉洒地，眼前桂树葱茏，桂花飘香，华中师大古籍研究所的青年们活跃席间，引得王达津先生即席赋诗，刘乃和先生清唱京戏。这气氛预示着《古代文史名著选译丛书》克服了当前的困难，第一批50种书稿有如母腹中的胎儿，快要降生了。

三、华清池畔的愁云与人民大会堂的欢欣

——第一批书出版的柳暗花明

1988年10月，编委们再一次聚会，审定第一批

50种中的最后十几部书稿、修改第二批50种中的大量书稿。这次审稿是在“东枕华山、西拒咸阳”的骊山脚下、华清池滨的一家招待所。这里古朴而不豪华，食宿低廉却又实惠，审稿之余，左近有风景可观，有古迹可寻，房内有43℃的温汤沐浴，编委们平日在校教学、科研工作劳累而生活清苦，如今有这样的环境与条件，感到少有的惬意。我们作为主编觉得这也是对编委们两年来辛勤编书的一点补偿。但这种适意之感很快就被两件事所驱散。一件事是书稿的质量。几十部书稿交来，一经审看，从注译到体例完全合格的只有寥寥可数的三四部，余下的，或需小改，或需大改，或根本不合格需退回重作。另一件事是出版发行成了问题。到会的巴蜀书社副社长黄葵同志向大家通报了即将印出的16本书征订情况，最多的为2000册，且只有一种，其他的只有800册、600册，甚至还有200余册。征订不佳，销路不畅，出书要赔钱，出版社为难，编委们又无计可施。此时哪还有心思去观赏“骊山云树郁苍苍，历尽周秦与汉唐”？也无心绪登上骊山，在烽火台前怀古。且正值“楼台八月凉”的节令，只有华清池畔秋雨飘零，秋风瑟瑟，落叶满地，不禁愁从中来。

愁则愁，还得面对现实。书稿质量不高，靠到会近20位编委十余天的逐字逐句修改，终于改定合格17部。至于出版发行问题，巴蜀书社的朋友费心经营，重新设计了封面，改进装帧，将第一批50种装成一个大礼品盒，成盒出售。从中又得到了国家新闻出版署、四川省出版局、国家教委有关司局和各省市教委的大力支持与帮助，发行面得以扩大，到了1990年下半年，首印的17000套书销售已尽，而问讯、索购者不绝，出版社决定再印30000套以供读者需要。中央领导了解到这套丛书受到读者欢迎，欣然为丛书题辞，江泽民总书记的题辞是“做好我国古代文史名著的传播普及工作，使其古为今用，以发扬爱国主义精神”，李鹏总理的题辞是“弘扬民族优秀文化，激励爱国主义精神”。李瑞环同志也为丛书题了辞。

1990年8月22日在北京人民大会堂召开了《古代文史名著选译丛书》出版座谈会。国家领导人李铁映、胡乔木、李德生、陈丕显、廖汉生、王汉斌、王光英出席，古委会主任周林同志主持会议，到会各阶层代表在发言中从不同角度肯定了这套书对促进青少年了解历史、了解国情、了解中华民族优秀传统文化、进行爱国主义教育的作用。时值盛夏，却逢喜雨，洗却了编委和出版社同志心中的忧虑，参加大会堂座谈会的13名常务编委会后又聚集在北京大学讨论深入认识编纂这套丛书的重大意义，研究审改好第二批书稿的具体措施。

四、从舜耕山庄耕作到乐山脚下

——第二批书稿审定之艰辛

第二批书稿50种50册，是1987年10月布置的。1988年10月在西安审改合格的17部书稿都已放入第一批中以替换原已通过的第一批中质量较差的书稿。这样，第二批书稿当时余下的已完成的有20余部，却都不合格，只能要求译注者和编委再行修改。一年之后，编委会汇总来重新改好和新译注交来的第二批书稿44部，1989年10月于济南千佛山下的舜耕山庄召开了常务编委审稿会。

这次审稿，发现的问题较多。有的选目不当，如有的史书重要人物的传不选却选入无关紧要而又无学习价值的人物传，有的名家的文章名篇不选却选入既无文学价值又无借鉴意义的篇章。有的选译所依据的底本不当，舍弃现有的精校本却用校勘不善的本子。有的虽有根据地改动正文却只在注释中说“原作……据别本改”，而不指明据何本改。有的注释过繁，不利于一般读者阅读；有的注释极简，该注释的地方不注，使广大读者看了译文仍无法理解全文的精妙；而更多的是注释不准确，对一字一词增字为训而歪曲了原意的毛病也较普遍。译文问题更多，有的语义不清，佶屈聱牙，把“三顾频烦天下计，两朝开济老臣心”译为“三顾茅庐频烦为天下大计，两朝事业开济尽老臣忠心”，有的为追求通俗生动把“君何往”中的“君”译为“老兄”。每篇的提示，有的写得很长变成了文章赏析，有的虽短却不中肯綮，用了类似“文革”期间的语言扣几顶大帽子了事。看这样的稿子都觉头痛，改这样的稿子更感艰难。审稿历时12天，参加审稿、当时63岁的黄永年先生向我们诉苦：“头发掉了一把！”有的编委说，千佛山古称历山，传说舜在这里开垦耕耘，十分艰辛，我们住在舜耕山庄，预示着我们为这套丛书垦荒笔耕，也要历尽千辛。这次审稿，经过审改之后，有10部书稿合格，有11部需会后再作小的修改方能通过，余下的均需作大的改动或另请人译注。

这次审稿还研究了所选戏曲部分的曲辞如何今译问题，如规定了念白中出现的诗句只注不译，上、下场诗只注不译，注而不译的文字在译文中应予保留以便参读。

到1990年12月，丛书常务编委在广州研究丛书如何体现批判继承精神、如何提高第二批书稿质量时，又有18部书稿完成交来。为了保证书稿质量，使1991年上半年召开的常务编委审稿会得以顺利进行，我们三个主编从广州匆匆赶到北京，用了一周时间审看了这18部书稿，通过了7部，11部退改。当我们看完最后一部书稿碰头研究时，已是12月31日。在1990年一年内，我们仅仅通过了这7部书稿。加上1989年在舜耕山庄通过的10部，也仅有17部，尚差33部方足第二批的50部。

1991年5月，常务编委来到古称嘉州的乐山市，在乐山山腰的八仙洞宾馆继续审改第二批书稿。改稿时间只有十天，要力争将50部推出，其繁重可知。我们在改稿过程中，不禁想到明万历年间嘉州知州袁子让的诗句“登临始觉浮生苦”，想到这套丛书从起步到这次审改已历时5年，当初怎么也没有想到完成这套丛书会是如此的艰辛，真是登临始觉笔耕苦啊！

这次乐山审稿，通过了13部书稿。好在余下的20部书稿只须小改即可在会后交稿，终于在1991年8月将这20部书稿全部改定交巴蜀书社。第二批50部历时近四年终于定稿了。

五、在金陵古都作光辉的一结

——第三批书稿的完成

1990年12月据出版社的要求，这套丛书出齐当为150种，到乐山会上又修正为110种至125种，最后数字的确定根据最后一次审稿结果而定，合格的即入选，不合格的不再修改选入。根据这一共识，今年4月中旬，我们一部分常务编委聚集到六朝古都南京，从已经交来的35部书稿中选择经小改合格的书稿。经过十一天的劳作，选择、改定33部，由到会的常务编委、巴蜀书社的段文桂总编和编委、巴蜀书社的刘仁清副编审带回成都，将经由他们的继续辛苦而使《古代文史名著选译丛书》以133部、1500万字之数呈献给热爱中华文化的读者。

这套丛书从1986年5月起步，历时整整六年，平日繁细工作不计，仅编委大小审稿会就开了12次之多。丛书的发起人、顾问、古委会主任周林同志先后参加了8次审稿会，每次都自始至终和大家在一起，听取审稿情况，了解遇到的问题；当我们遇到困难的时候他为我们鼓劲，当我们感到欣喜的时候他提醒我们不可大意。这次他又和我们一起来到虎踞龙蟠的石头城下，为我们督阵，看我们能否为这套丛书作出光辉的一结。

此时此刻，我们与这次会议的东道主、丛书常务编委、南京大学的周勋初先生漫步在中山陵旁，想到今译丛书已基本完成，自然感到如释重负，但理智却使我们不敢轻松，我们期待着全书133部出齐之后专家、读者的评头品足。

1992年4月26日

（原载《中国典籍与文化》1992年第1期）

古代文史名著选译丛书(修订版)总目

丛书主编:章培恒　安平秋　马樟根

书　名	译注者	审阅者	定价/元
老子注译	张玉春　金国泰	安平秋	16.00
庄子选译	马美信	章培恒	18.00
荀子选译	雪　克　王云路	董治安　许嘉璐	19.00
申鉴中论选译	张　涛　傅根清	董治安	18.00
颜氏家训选译	黄永年	许嘉璐	15.00
论语注译	孙钦善	宗福邦	28.00
孟子选译	刘聿鑫　刘晓东	黄　葵	20.00
墨子选译	刘继华	董治安	14.00
韩非子选译	刘乾先　张在义	黄　葵	19.00
新序说苑选译	曹亦冰	倪其心	25.00
论衡选译	黄中业　陈恩林	许嘉璐	22.00
管子选译	缪文远　缪　伟	董治安	18.00
列子选译	王丽萍	周勋初　倪其心	19.00
韩诗外传选译	杜泽逊　庄大钧	董治安	24.00
盐铁论选译	孙香兰　刘光胜	黄永年	13.00
诗经选译	程俊英　蒋见元	刘仁清	19.00
楚辞选译	徐建华　金舒年	金开诚	15.00
贾谊文选译	徐　超　王洲明	安平秋	17.00
司马相如文选译	费振刚　仇仲谦	安平秋	11.00
文心雕龙选译	周振甫	黄永年	17.00
庾信诗文选译	许逸民	安平秋	18.00

书　名	译注者		审阅者		定价/元
嵇康诗文选译	武秀成		倪其心		18.00
谢灵运鲍照诗选译	刘心明		周勋初		18.00
陈子昂诗文选译	王　岚		周勋初	倪其心	14.00
李白诗选译	詹　锳	等	章培恒		22.00
高适岑参诗选译	谢楚发		黄永年		23.00
元稹白居易诗选译	吴大逵	马秀娟	宗福邦		21.00
柳宗元诗文选译	王松龄	杨立扬	周勋初		18.00
李贺诗选译	冯浩菲	徐传武	刘仁清		20.00
杜牧诗文选译	吴　鸥		黄永年		14.00
李商隐诗选译	陈永正		倪其心		19.00
唐五代词选译	亦　冬		董治安		16.00
唐文粹选译	张宏生		周勋初		18.00
晚唐小品文选译	顾歆艺		平慧善		15.00
黄庭坚诗文选译	朱安群	等	倪其心		18.00
辛弃疾词选译	杨　忠		刘烈茂		24.00
元好问诗选译	郑力民		宗福邦		20.00
宋四家词选译	王晓波		倪其心		16.00
黄宗羲诗文选译	平慧善	卢敦基	马樟根		15.00
吴伟业诗选译	黄永年	马雪芹	安平秋		20.00
方苞姚鼐文选译	杨荣祥		安平秋		20.00
明代散文选译	田南池		马樟根		22.00
顾炎武诗文选译	李永祜	郭成韬	刘烈茂		23.00
张衡诗文选译	张在义 韩格平	张玉春	刘仁清		16.00
汉诗选译	张永鑫	刘桂秋	金开诚		19.00

书　名	译注者		审阅者		定价/元
阮籍诗文选译	倪其心		刘仁清		15.00
三曹诗选译	殷义祥		刘仁清		22.00
诸葛亮文选译	袁钟仁		董治安		16.00
陶渊明诗文选译	谢先俊	王勋敏	平慧善		16.00
杜甫诗选译	倪其心	吴　鸥	黄永年		17.00
王维诗选译	邓安生	等	倪其心		20.00
刘禹锡诗文选译	梁守中		倪其心		20.00
孟浩然诗选译	邓安生	孙佩君	马樟根		18.00
韩愈诗文选译	黄永年		李国祥		20.00
欧阳修诗文选译	林冠群	周济夫	曾枣庄		20.00
曾巩诗文选译	祝尚书		曾枣庄		19.00
苏轼诗文选译	曾枣庄	曾　弢	章培恒		23.00
李清照诗文词选译	平慧善		马樟根		15.00
陆游诗词选译	张永鑫	刘桂秋	黄　葵		24.00
朱熹诗文选译	黄　珅		曾枣庄		20.00
文天祥诗文选译	邓碧清		曾枣庄		20.00
袁枚诗文选译	李灵年	李泽平	倪其心		20.00
王安石诗文选译	马秀娟		刘烈茂	宗福邦	18.00
二程文选译	郭　齐		曾枣庄		25.00
范成大杨万里诗词选译	朱德才	杨　燕	董治安		26.00
萨都剌诗词选译	龙德寿		曾枣庄		28.00
王阳明诗文选译	吴　格		章培恒		18.00
徐渭诗文选译	傅　杰		许嘉璐	刘仁清	17.00
李贽文选译	陈蔚松	顾志华	李国祥	曾枣庄	17.00

书　名	译注者		审阅者	定价/元
三袁诗文选译	任巧珍		董治安	17.00
王士禛诗选译	王小舒	陈广澧	黄永年	13.00
龚自珍诗文选译	朱邦蔚	关道雄	周勋初	13.00
尚书选译	李国祥 谢贵安	刘韶军 庞子朝	宗福邦	14.00
礼记选译	朱正义	林开甲	宗福邦	22.00
左传选译	陈世铙		董治安	22.00
国语选译	高振铎	刘乾先	黄　葵	22.00
战国策选译	任　重	霍旭东	李国祥	21.00
吕氏春秋选译	刘文忠		董治安	17.00
吴越春秋选译	郁　默		倪其心	19.00
史记选译	李国祥 张三夕	李长弓	安平秋	29.00
汉书选译	张世俊	任巧珍	李国祥	22.00
后汉书选译	李国祥 彭益林	杨　昶	许嘉璐	24.00
三国志选译	刘　琳		黄　葵	18.00
晋书选译	杜宝元		许嘉璐	15.00
宋书选译	漆泽邦	孔　毅	李国祥	19.00
南齐书选译	徐克谦		周勋初	18.00
北齐书选译	黄永年		安平秋	16.00
梁书选译	于　白		周勋初	17.00
陈书选译	赵　益		周勋初	17.00
南史选译	漆泽邦		安平秋	22.00
北史选译	刁忠民		段文桂	20.00

书　名	译注者	审阅者	定价/元
周书选译	黄永年	安平秋	15.00
魏书选译	杨世文　郑　晔	周勋初	22.00
隋书选译	武秀成　赵　益	周勋初	20.00
新唐书选译	雷巧玲　李成甲	黄永年	16.00
旧唐书选译	黄永年	章培恒	16.00
新五代史选译	李国祥　王玉德　姚伟钧	周勋初	18.00
旧五代史选译	贾二强	黄永年	17.00
宋史选译	淮　沛　汤　墨	曾枣庄	20.00
辽史选译	郭　齐　吴洪泽	曾枣庄	21.00
金史选译	杨世文　祝尚书　李文泽　王晓波	曾枣庄	21.00
元史选译	樊善国　徐　梓	马樟根	25.00
明史选译	杨　昶	李国祥	20.00
清史稿选译	黄　毅	章培恒	22.00
贞观政要选译	裴汝诚　王义耀	黄永年	18.00
史通选译	侯昌吉　钱安琪	周勋初	16.00
资治通鉴选译	李　庆	黄永年	16.00
续资治通鉴选译	徐光烈	安平秋	24.00
通鉴纪事本末选译	谈蓓芳	章培恒	21.00
洛阳伽蓝记选译	韩结根	章培恒	22.00
梦溪笔谈选译	李文泽	曾枣庄	20.00
徐霞客游记选译	周晓薇　等	黄永年　马樟根	17.00
宋代笔记小说选译	朱瑞熙　程君健	金开诚等	19.00
关汉卿杂剧选译	黄仕忠	刘烈茂	24.00

书　名	译注者	审阅者	定价/元
明代文言短篇小说选译	黄　敏	章培恒	23.00
六朝志怪小说选译	肖海波　罗少卿	刘仁清	21.00
世说新语选译	柳士镇　钱南秀	周勋初	23.00
水经注选译	赵望秦　段塔丽　张艳云	许嘉璐	19.00
唐人传奇选译	周　晨	曾枣庄	24.00
唐五代笔记小说选译	严　杰	周勋初	21.00
大慈恩寺三藏法师传选译	贾二强	黄永年	18.00
宋代传奇选译	姚　松	周勋初	22.00
聊斋志异选译	刘烈茂　欧阳世昌	章培恒	22.00
阅微草堂笔记选译	黄国声	安平秋	16.00
清代文言小说选译	王火青	周勋初	23.00
历代名画记图画见闻志选译	周晓薇　赵望秦	黄永年	17.00
容斋随笔选译	罗积勇	宗福邦	20.00
唐才子传选译	张　萍　陆三强	黄永年	24.00
西厢记选译	王立言	董治安	20.00
元代散曲选译	彭久安	刘烈茂　金开诚	21.00
日知录选译	张艳云　段塔丽	黄永年	22.00
桃花扇选译	张文澍	章培恒　段文桂	15.00
牡丹亭选译	卓连营	章培恒	14.00
长生殿选译	戚海燕	董治安	20.00